U0105970

冰鱼著
贼幸福
ZEI
XINGFU

Jieli
接力出版社
Publishing House

图书在版编目（CIP）数据

贼幸福/冰鱼著.—南宁：接力出版社，2007.1
ISBN 978-7-80732-646-5

Ⅰ.贼…　Ⅱ.冰…　Ⅲ.中篇小说-中国-当代　Ⅳ.I247.5

中国版本图书馆CIP数据核字（2006）第162771号

责任编辑：吕瑶瑶
美术编辑：张　钰　　责任校对：蒋强富
责任监印：梁任岭　　媒介主理：覃　莉

出版人：黄　俭
出版发行：接力出版社
社址：广西南宁市园湖南路9号　　邮编：530022
电话：0771－5863339（发行部）　5866644（总编室）
传真：0771－5863291（发行部）　5850435（办公室）
网址： http://www.jielibeijing.com　　http://www.jielibook.com
E-mail：jielipub@public.nn.gx.cn

经销：新华书店

印制：北京鑫丰华彩印有限公司
开本：850毫米×1168毫米　1/32
印张：6.375　　字数：155千字
版次：2007年1月第1版　　印次：2007年1月第1次印刷
印数：00 001—15 000册
定价：15.00元

版权所有　侵权必究

凡属合法出版之本书，环衬均采用接力出版社特制水印防伪专用纸，该专用防伪纸迎光透视可看出接力出版社社标及专用字。凡无特制水印防伪专用纸者均属未经授权之版本，本书出版者将予以追究。

质量服务承诺：如发现缺页、错页、倒装等印装质量问题，可直接向本社调换。

服务电话：010—65545440　0771—5863291

目 录

目录

第一章　寝室巨变

真是时光如水，岁月如歌啊！（好烂的词啊！）

转眼间，我刘山峰已经顺利地升入了大学四年级。顺利？这个词用得好。对！那是相当的顺利。这几年一路走下来，我也只不过失了一次恋；也只不过补了十三次考，其中一次补考还是王占山替考；他也只不过是在为我替考的卷子上写上了自己的名字；后被学校发现，学校也只不过先通报批评，然后记过处分；辅导员也只不过把成绩单和记过处分通知书一起寄给了我父母；结果他却把地址填错了，邮到了隔壁张大娘家。张大娘把装有记过通知书的信送到我父母手上，并一再地说这信她绝对没有拆开过。可没过多久，我受处分的消息便人尽皆知了。张大娘，我一直以为你的人品不错，算我走眼啦！

即将步入大四，我突然发现一个问题：我居然学着蓦然回首起来，曾经的快乐与悲伤就像循环不清场的电影一样，一遍又一遍地播放着。而其中唯一的一部爱情电影在我的脑海里更是占据了大量的播放时间……

那是一个阳光明媚的上午，我百无聊赖地陪同室友阿牛去阅览室看书，本来说好是去看美女的，可是阅览室里根本无美女，只好看书。正当我觉得看书是件极其无趣的事情的时候，一位清纯可爱的女生出现了。也许是阅览室里其他女生长相太过丑陋；也许是她在我的梦里已经千回百转，我的心居然为了她扑腾扑腾地狂跳了起来，我生平第一次体验到这种感觉的奇妙。后来才发现从那一刻起，我已经爱上了她。

她叫温玲，是我们同系二班的女生。自从那次邂逅我便开始暗自注意她，而且是“很暗”的那种。我在等待一个机会对她发起潮水般的追求攻势。就在我等待机会的时候，与小玲同班的男生已经唱着“我的爱如潮水”开始追求小玲了，这一失误令我后悔不已。幸好小玲最终没有同意与那男生交往，否则我会因为自己那“等待机会”的想法而抱憾终生的。看来像守株待兔一样等待是不行了，机会是自己创造出来的，于是乎我决定靠自己去成功。

接下来我为自己创造了一系列接近小玲的机会，而老天仿佛一直都在和我作对。每次在这些机会面前我都会出糗，这让我在小玲面前的形象直线下降。特别是和小玲一起上游泳课那次的阿星走光事件，更是令我糗到了顶点。第二天学校论坛的首页就此事进行了大肆且夸张的报道，题目是这样写的：《游泳课上阿星被恶毒男生拽掉泳裤，在场女生羞涩难当》。有人不免会问，是阿星被拽掉泳裤，你有什么可糗的？废话！那泳裤是我拽的！还有那次，我和室友王占山去礼堂看演出，结果我和一位占座的女生吵了起来，由于我的口才了得，她显然不是我的对手，险些被我说哭了，眼泪在眼圈里直打转。正在我得意之时，只听后面一个熟悉的声音响起：“二姐，你在那儿站着干吗，怎么不坐下呢?”啊?小玲!糗大了这回……

总之，在当时这种糗事是不胜枚举的。后来当我向小玲问起她对我那个时期的印象时，她却让我猜。

我猜：“好!很好!”

她说：“你再猜……”

嗯?我倒!

人生本来就是无法预测的，你极度厌烦的人最终有可能成为你的亲密恋人，你曾经心仪的人，真正接触后也许你会发现他有这样那样的缺点是你不能忍受的。谁能想到被小玲极度讨厌的我最终成了她的男朋友呢?也许这正是老天和我开的一个玩笑吧。我们本来就应该在一起的，而之前的磨难都是对我的考验。就像唐僧等人为取真经必须要经历九九八十一难一样。

还好，最终我和小玲修成正果走到了一起。可是没多久，老天又和我开了一个更大的玩笑，小玲身在美国的母亲病重，她不得不远赴美国照顾母亲。用周星驰的话来说，人生大喜大

悲来得实在是太刺激了。最终，她提出了分手，时间距我们相恋不到半年。

我已经忘记了当时我有没有哭，好像是没有。我这个人没有什么优点，最大的好处就是执著和乐观。我真的不希望失恋的人都在脸上写着“痛不欲生”四个字。在我看来，痛苦并不代表你真的在乎，你真正在乎这个人就应该在她左右为难的时候，不左右她，让她可以过自己想要的生活。人是自私的动物，其实很多人痛苦并非因为失去了真爱，而是为了自己原本的习惯被破坏掉了。当他们习惯另外一个人的时候，从前的那个人便只剩下名字和身高了。所以我更希望自己过一种新的生活，一种想念她祝福她的生活。她快乐，我也会快乐。

于是我试图重新寻找一个女生，过我自己新的生活。却发现说是一回事，做又是一回事。我始终无法忘却她给我带来的一切，任何人都替代不了她，于是我发誓大学这几年里不再找女朋友。就算阿星把他女朋友让给我，我都不要。

呵呵！发这个誓的时候正巧阿星也在，阿星的反应非常强烈。

阿星说：“刘山峰，你想什么呢你！美出你鼻涕泡来！”

我说：“我就是打个比方，阿星你当什么真啊！我的意思是我心已绝。”

“你心已绝？算了吧你，傻子才信呢！”阿星质疑着。

这时，王占山走了进来。阿星问道：“占山，你信吗？”

王占山一本正经地回答：“我信！”

我俩倒！

为了证明我不是一个意志坚定的人，阿星真可谓是煞费苦心啊！他竟然给我设下了美人计，卑鄙！他经常把一些单身女子领到我面前晃来晃去，我时常会接到她们抛来的媚眼儿，可我对此完全无动于衷。最终，阿星跷起了拇指，说出了佩服二字。而我却狠狠地斥责着阿星的这种行为："阿星，你太卑鄙了吧，居然对我施美人计。而更卑鄙的是，这明明是美人计，为什么你找来的女生一个比一个丑，这让我怎么中计啊?!"

"嗯?"阿星恍然大悟!

随后的一天，大家在食堂吃饭。阿星和一位非常端庄又很漂亮的女生出现在我面前。我上下打量着她，心在扑腾扑腾地乱跳。她瞪了我一眼便不再看我，估计她是害羞了。我不禁感叹：防不胜防啊！这回阿星赢了，我的确不是一个意志坚定的人。我傻傻地对阿星笑着，并说道："阿星，我中计了。"

"中计?"阿星不解地问道。

我说："是啊，这不是你为我设下的美人计吗？我中了。"

阿星脸色一沉，说："嘿！小子，你想什么呢？这是我新交的女朋友。"

我说："啊？这个不是给我介绍的呀?"

阿星说："当然不是了！告诉你，你心里不许有啥想法，知道不?"

"阿星，你……太过分了……"

自从小玲走后，我还有一大变化，就是开始写酸诗。当然，小玲在的时候也写，而现在随着对小玲的思念与日俱增，写诗的灵感也大增特增，而且是越来越酸。每当我写出一首令自己满意的作品我便在寝室吟诵，这个时候就会遭到全寝人的一阵嘘声，如果诗酸到会让他们反胃，就会遭到一顿"毒打"。于是，我总吟诗总吟诗，他们就总毒打总毒打。

这种情形终于在这一天出现了转机。

这天，我正在寝室大声吟诗，王占山接到一个电话，是家里打来的。电话中说占山的妹妹考上了北京理工大学，名牌大学啊！占山放下电话，在寝室里又蹦又跳的，高兴得一塌糊涂。兴奋之余占山居然在寝室唱起歌来，声音压过了我吟诗的分贝："咱们老百姓啊！今儿个真高兴、高兴、高兴……"

"占山，你杀了我们吧！"全寝人同时发出了这样的要求。这是我们第一次听占山唱歌，我们发誓这也是最后一次。因为唱得实在太难听了，难听到闻者伤心听者落泪。占山没完没了地唱着，完全不顾及我们的感受。最终，阿星和阿牛用对付我吟诗的手段终于熄灭了占山的歌声。从此以后，寝室定下了一条规定：

允许刘山峰偶尔吟诗一首，但坚决不允许王占山唱歌。

既然提起了王占山，就继续说他吧。在我看来，王占山是我们寝这几年来唯一没有虚度光阴的人。我的意思是说他虚度的是青春。教室、图书馆、阅览室、书店、自习楼成了他经常出没的地方；英语六级、程序员考试、物流师成了他奋斗的目标；早五点、晚十二点成了他的作息时间。更甚时，占山连说梦话都是英文的。有天早上，阿牛告诉占山昨晚他的梦话中有语法错误，并耐心地给占山讲解了一番。

占山说："太谢谢你了，阿牛，下次再遇见这类型的题我就不会出错了。"

你看没看见？我们是学习都睡觉，而占山是睡觉都学习。

王占山这种拼命学习的精神感动了大家，我们班为此还开了一堂"学占山，正学风"的主题班会。辅导员和班干还一致推举我为这次班会的主持人。我开始窃喜，他们一定是仰慕我的口才，才让我来主持的。哪知辅导员却说是想找个学习差的代表来主持班会，从而显示我们纠正学风的决心。

我险些晕倒！是气的。

在我看来我学习也并不是很差啊！再说，那学习差的学生也不止我一个啊！例如二胖，他上次就比我多挂了一科。哦！想起来了，那傻子最近生病，没来。

班会的当天，大家异常的积极和踊跃。当我以主持人的身份问占山为什么要那么拼命学习时，占山的回答可以说是字字见血发人深省啊！

他说："人要是不学习，那还叫个人吗?"

此话一出便遭到了全班上下的"毒打"，因为这话打击的人数太多了。当然，其中也包括我和阿星。一哥们儿刚捶完占山的背，说："占山，当我们痛扁你的时候你该庆幸。你要知道，这可是三流大学啊！这里的学生要是都学习了那还叫三流吗? 你幸亏没到咱学校的广播里说，否则你死定了。"

就在占山拼命学习的同时，他又作出了一个重大的决定——考研！看来他要把这种学习型人才做到底了。而自从他作出这个决定后就更拼命学习了，在寝室的时间也越来越少。并把自己改编的那句法国名言贴在了自己的床头——

如果你到寝室找我我不在，那么我一定在自习室；如果我不在自习室，那么我一定在去往自习室的路上。

占山这样的毅力令我钦佩不已。当我问起占山他为什么要考研时，他告诉我为了以后能够找个好老婆。我又问，那么为什么要找个好老婆呢？为了生个好孩子。那么为什么要生个好孩子呢？为了让他以后考研。

我抓狂中……

嘿嘿！说完占山再来说说阿牛吧。初识阿牛时因为他的名字我便肤浅地认为这个人很呆，但接触一段时间后才知道他的脑子是我们寝最灵的。学什么东西都比别人要快，当然，学坏也比别人快。当时有一款网络游戏刚刚兴起，阿牛很快就迷恋上了它。每天都沉迷于虚拟世界的厮杀中，无法自拔。课也不上了，女朋友也不管了，饭都顾不上吃了。后来小白（阿牛的女朋友）哭着找到我，让我帮帮阿牛。

是呀！我也觉得应该帮帮阿牛了，不能让他再这样沉沦下去了。于是我每天都和阿牛混在一起，耐心地开导他。网络游戏是刮骨钢刀啊！阿牛，你可不能再沉迷下去了。一个星期后，果然起了变化——我也迷上了网络游戏！呜呜呜……从此以后我就和阿牛并肩作战了。

我不是一个意志坚定的人，这句话在此刻得到了淋漓尽致的验证。这次小白对阿牛彻底地失望了，当然她对我也非常的失望。她终于和阿牛分手了，分手那天她哭得很伤心。其实我也很伤心，我心想我招谁惹谁了？本来要把阿牛拽出来的，而现在我也陷进去了。可气的是每次考试阿牛都可以顺利通过，而我却一路红灯。当然，我没玩网络游戏前也是一路红灯，我的成绩总是相当的稳定。

第二章 缘分哪

返回学校的日子到了，家里一如往常的平静，平静到丝毫没有依依不舍的感觉。其实我早已迫不及待了。迫不及待去收拾行李，迫不及待去和朋友告别，迫不及待去穿上外衣。为了不让家人看出我的迫不及待，我决定先虚伪一把。

“唉！这么快就开学了，我真舍不得大家啊！”

刘山岗（我哥）一听马上插嘴道：“哈哈，没关系的，山峰，我们舍得了你。”

我白了我哥一眼，然后问我老妈：“妈，你是不是很舍不得我啊?”

她有些为难地想了想，没有回答。

我接着说：“你舍不得我你就说嘛，你不说我怎么会知道呢?”

“是啊！很舍不得你。不过山峰，你放心地走吧。你走了家里就清静了，我也不用整天地收拾屋子了，快走吧！”

我晕！看来她比我还迫不及待啊……

嘿！我就不相信啦，这个家里没有稀罕我的，于是我嚷道："有没有舍不得我走的，站出来。"

这句话一出口果然起到了一定的效果。我妈一听这话马上拿起拖把，拼命拖地；我爸也把刚刚看完的报纸又拿了起来，看起了治疗前列腺的广告；平日无所事事的刘山岗最夸张了，他把左脚的袜子脱下来穿到右脚上，右脚的穿在左脚上，无限循环着。太没创意了吧！

大家至于吗？这个问题就这么难回答？我这就要走的人了，为什么大家就不能也虚伪一把呢？

话说回来，老爸对我还是不薄的，今天他亲自开车送我去火车站。大家千万不要误认为我是什么富家子弟，我所谓的私家车名字叫做港田。是港田，不是丰田！就是那种三个轮子的机动车。那种经常被综合治理追着满街跑的东东。不过在我们这座小城里，能开上这种三轮机动车也算是一件令人激动的事了，为此我老爸没少在朋友面前炫耀。

好像有点扯远了……

到了火车站，老爸把他的爱车寄存起来，陪我走进了站台。一样的九月一样的站台，我不禁又感慨了起来。曾几何时，我刘山峰就是在这样的日子里，坐上这样的列车踌躇满志地前往哈尔滨求学的。今天，我又将踏上返校的行程，心中却没有了当初的兴奋与不安。

"山峰，你想什么呢？快点上车！"我的思绪被老爸的声音打断了，拎着行李走了上去。

我老爸一边帮我拎行李一边唠叨："山峰，你这学期可要努力学习呀，争取在这学期只挂两科。"

唉！摊上这样不上进的家长真是没办法，居然对我的要求如此的低。“老爸，你也太瞧不起我了吧？我什么时候挂过两科呀？”

老爸说：“也是，这也不符合你的性格呀，你通常都挂四到五科的。而且你的成绩还很稳定呢！”

我不好意思地挠了挠头，傻笑着……

火车开动了，我把头探出窗外，用两根手指对老爸做了一个胜利的手势。老爸也向我摆出两根手指，喊道：“对，这学期争取只挂两科。”

我倒！他还想着这事呢。

火车越开越快，父亲的身影也渐远了。我把头缩了回来，默默地发誓这学期痛改前非重新做人。这些年我一直都在前非，如果最后这一年再不痛改，等到我找工作的那时，恐怕工作不会愿意被我找到吧。

就在我暗下决心之时，我注意到坐在我对面的一对母女，她们正在争吵。争吵的内容大概就是这位女生考上了一所很烂的大学，而这位阿姨觉得这让她在亲戚面前抬不起头来。真不明白，有什么抬不起头来的？我考上那么烂的大学我父母不仍旧活得好好的，难道非得什么北大清华才能出人才啊？听说有个叫冰鱼的家伙，上的大学是全国最烂的而且还是专科，人家不也出版小说而且还赚了几万元的稿费吗？多牛啊！（多能吹牛啊，嘿嘿！）所以说，上什么样的大学不重要，重要的是你是不是一颗钻石，是钻石早晚会被人发现的。我讨厌这位阿姨的观点，于是决定英雄救美一把。英雄救美一直是我们东方××大学男生的传统美德，但在决定帮这位女生说话之前，我还是认真地打量了她一番。

她身材高挑，一头飘逸的长发被窗外的风吹动着，很好看。她的皮肤虽不白但看起来却很健康，脸上没有任何妆饰但更显露她的清新自然。一件淡蓝色的T恤一条白色的长裤也相得益彰。最重要的是她脚下的运动鞋和我的是一个牌子的。缘分哪！但不一样的是她穿袜子了，而我没穿。

好了！观察完毕。

既然她是美女，而我又是英雄，于是我决定为她说上几句话："你好，阿姨！我也是名大学生，我想说几句话，行吗？"

这时，阿姨和她一愣，然后把目光汇集到我的身上，上下打量着我。我把脚向后缩了缩，心想，不能让她们看到我没穿袜子。

我大义凛然地说道："阿姨，其实上什么大学不重要，重要的是自身能力和素质的提高。现在有很多名牌大学的学生由于不适应社会都找不到工作呢！北大就有个学生毕业后没有找到工作最后当起了屠夫。"

那位女生听到我为她说话，便朝我笑了笑表示感谢。她微笑的样子蛮好看的，像个淑女。奇怪，我为什么要说"像"字？

阿姨看了看我，说道："是呀！名牌大学的学生都找不到工作，更别说三流大学的学生了。三流大学的学生去当屠夫，人家都得考虑一下。"

我的脸突然变得滚烫,这不是在说我吗？55555555555……我就是三流大学的。平白无故地被人侮辱，这不是我的性格。我反驳道："阿姨，其实有的时候，上一所差一点的大学也不是什么坏事。如果你是个中等生，在这种大学里很容易找到自信的。"

我的话音刚落，阿姨就赶快说道："我们家陈洁可不是什么中等生。”说完，用一种极其轻蔑的眼神看着我，好像在对我说：小样！一看你这种学生就是中等生。

可是我要更正一下，阿姨，你错了！我绝不是中等生，555……我是差生。我这个差生接着说道：“那她怎么……”

阿姨明白我的意思是说她怎么才考了一所三流学校，解释说：“她原来学习很好的，高三的时候迷上了网络。从此学习成绩每况愈下，最后只考了这么一所破学校，这网络真是害人不浅呀，我真不甘心哪！”

那位女生听到这里脸色一沉，想反驳却不好说什么，只好低头不语。

好人做到底，送佛送到西。我接着为她辩护道：“阿姨，上网其实没什么的，二十一世纪是信息时代，多上上网有好处的。”

“唉！其实我是担心，听说她考的这所大学里的学生很杂的，全是一些智商很低的小流氓。”

我心想，哈哈哈……还有比我们大学更垃圾的吗？我倒想听听。我这人好奇心强，于是我问道：“是哪所大学啊？”

她说：“东方××大学！”

“啊！东方××大学……东方××大学？我就是东方××大学的！55555……”

那个叫做陈洁的女生一听我也是东大的，嘎嘎地笑抽了。我知道她是在取笑我这个智商很低的小流氓。

此刻，阿姨的后脑勺滴下了一大滴汗，忙改口道：“阿姨知道你不是那种人，你不是小流氓。”

她的言外之意是说，我不是小流氓只是智商低而已，对吗？

这个世界不小却很巧，我和陈洁居然会是同一所学校的老乡。只不过我即将离开，而她却刚刚到来。同处一所烂学校的

我们实乃一对难兄难妹，共同的语言也自然就多了起来。途中，我给她讲了很多发生在学校里的趣事。给她讲游泳课上我是怎么一不小心地把阿星的泳裤给拽掉的；给她讲我们在半夜是如何给陌生女寝打电话的；给她讲王占山唱歌有多么难听，我们又是如何让他住嘴的……而且我还给她吟了一首我最新写的诗，听完她有一种置身于北极的感觉。

火车上不时地传来她男人般爽朗的笑声，她的笑声很大，并不优美，和刚才她那淑女般的微笑大相径庭。我又给她讲我的室友阿星是怎么“诱骗”一个又一个女生的。她听完很气愤，并说她以后的男朋友如果是这种人她就一定会揍扁他。

我问：“那要是他被一个又一个女生‘诱骗’呢?”

她答：“一样揍扁他。”

够狠！唉！为什么阿星就一直没遇见过这种女生呢？我感叹……

或许是因为火车上多了一个聊友吧，一路上我丝毫没有感觉时间的流逝，转眼间我们已经到达了哈尔滨。再转眼我们到达了东方××大学，我主动提出当她们娘儿俩的向导。她们没有任何推辞就同意了。

走进学校时，我又一次看见学校领导那阴森恐怖的笑容。我摸了摸自己的学费，幸好还在！不过用不了多久它就不在了。这时，我想起当年我初入学校时，帮我拎行李的师哥语重心长对我说的话。（师哥说："你来这儿之前考虑清楚了吗？可有你小弟弟受的了。啊不！是可有你受的了，小弟弟！"）我觉得有必要把这句话传承给陈洁，以示告诫。

于是我说道："陈洁，来这所大学前你想清楚了吗？可有你受的了。"

陈洁和她母亲看了看我，仿佛没有明白我的意思。是啊！当年我也没有明白师哥的意思，身受其害以后才越发懂得这句话的真谛。

接下来就该走那套老程序了。交学费——领寝室钥匙——取生活用品——买饭卡——参观学校，这一套下来可把我这个好心人给累毁喽，看来好心是要付出一定代价的。这也让我对自己刚才的提议后悔不已，这免费的苦力真是不好当啊！

一切都安排妥当，陈洁和她母亲为了对我表示感谢，要请我吃饭。第一次见面大家萍水相逢我怎么好意思让人家请我吃饭呢？于是我婉言谢绝了。心想，如果她们再让让我，我就不推辞了。

结果她们没让，郁闷啊！

最后，陈洁把她的QQ号写给了我，也算是对我受累的一种补偿吧！时候不早了，我拖着疲惫的身体向寝室的方向走去……

第三章　今天明天

今天是开学的第一天，算一算这已经是我们第七次开学了。我用力地回想前六个学期都做过什么正经的事，却发现我的脑中除小玲外竟是一片空白。我又用力地回想前六个学期我都做过什么和学习无关的事，才发现我的脑中加上小玲就等于一片漆黑。往事是相片，而时间真的会让它退色吗？于是我拿起笔将我这一天的所作所为记录下来。我突然发现原来我的生活是这么不正经啊！

5:30　“丁零！丁零！丁零……丁零！丁零！丁零……”王占山的闹钟在寝室里响了起来，没完没了地响。我睁眼看去，发现占山早已不见踪影。

5:31　烦死了！我迷迷糊糊地起身将闹钟摁停，回到自己的床上继续睡。结果却怎么也睡不着，于是又起身把闹钟摁响，大家谁也别想睡。

5:32　阿星也觉得烦死了，他起床去摆弄闹钟，结果把闹钟掉到了地上，还摔出了两个零件。阿星将两个零件扔掉，把闹钟放回原处继续睡。这下闹钟真的不响了。

6:50　占山从外面跑回来，催促着大家起床去吃早点，无人理睬。

6:52　占山一下想起来，今天走的时候闹钟没有关。便问：闹钟有没有吵到大家？真是不好意思，走得匆忙忘记了。我答：没关系！以后它都不会再吵我们了。

7:13　阿星拿着洗漱的东西跑去水房，边跑边说："山峰！你的毛巾，我拿去用了。""我的毛巾？啊？我的毛巾？不行，小学时你没学过五要六不要啊？其中就有一条不用公共毛巾和茶杯……"阿星根本没有给我机会说完，他已经消失了。不对啊，我的毛巾在我的柜子里啊，他拿的不是我的啊！

7:20　阿星在水房碰见我，说道："山峰啊，你怎么这么不卫生？你闻闻你的毛巾，味道怪怪的。"我说："没有啊，这条才是我的毛巾，你拿的那条是我上学期用的，太旧了，我给占山当擦脚布了。"阿星听后整个人都崩溃了，要和我玩命。

7:40　我们一行四人走出寝室前往食堂。食堂里的人不少，可口的饭却很少。

8:00　上课的铃声响了。此刻，走进来一位亭亭玉立的女生，教室死寂一片。大家都在猜测她是哪个班的，以前怎么没见过？结果她却走上了讲台，难道?????

8:05　她很紧张地作完了自我介绍。她叫杨娜，是新来的老师，也是某大学刚刚毕业的研究生。在同学们热烈的掌声中她开始了自己的第一堂课，同时也是我们本学期的第一堂课。

8:06　这之后，阿星就目不转睛地看着小杨老师，偶尔会看见老师羞涩地吐气，脸红红的，甚美。

9:50　第二堂课结束，小杨老师正要走出教室却被阿星给叫住了。阿星跑过去问问题，并说这堂课他还有很多知识点没有掌握，于是问：杨老师在哪个办公室办公？老师的QQ号是多少？没有QQ号留个电话也行啊！……（无耻之徒！）

10:00　上课的铃声又响了。此刻，走进来一个人，教室死寂一片（是被吓死的）。原来走进来的是一位六旬老太，只见她表情严肃地走上了讲台作起了自我介绍。此时的阿星已经开始张罗着从后门溜走了，和上堂课的专心致志大相径庭。

10:15　阿星从后门逃走，关门声惊动了老太太。老太太问：跑出去的那个人是谁？大家开始摇头，只有我没摇。我站了起来说道：老师，我替你去看看。还没等老太太允许，我就闪人了。

10:18　老太太反应过来，问：后来跑出去的那位同学叫什么？大家异口同声地说：刘——山——峰！结果阿星安然无恙，我被记旷课一次，点儿背啊T-T

10:23　我和阿星到达网吧，开始CS。阿星说我是大头，要不怎么会枪枪被人打爆头呢？突然，阿星被46一枪毙命，被击中的位置正是臀部，我说阿星是大脸。

10:45　阿牛也跑来了，与我们打了一会儿CS后便专注地打网络游戏，边玩边在那里嘀咕："砍死你……砍死你……"（很神经！）

12:00　肚子提醒我午餐的时间到了，我和阿星去吃。阿牛仍然坚守在网络第一线上。用阿牛的话说，这叫宁舍三顿饭，不舍下网线。

13:00　这个时段没有课。阿星去见网友，我陪占山去自习室。我开始背英语单词，从字母Z开始背起，我突然发现我在英语方面是很有天分的，一分钟的时间就背下了一本英语词

典的二十六分之一的单词。

14:25　我离开自习室，回寝室睡觉。占山继续做考研试题！

16:05　我从梦中惊醒。奇怪，我居然梦见了前些天在火车上认识的女生。她双手掐着我的脖子，让我还她的钱。唉！幸亏这是个梦，如果不是梦我的亏空又大了。

16:12　阿星回到寝室，说道：吓死我了，真是吓死我了。难道他也做噩梦了？他不是去见网友了吗？

16:25　听完阿星的解释，我知道了，原来阿星今天见的女生又住在侏罗纪里。

17:30　阿牛回到寝室，很疲惫的样子。问：什么时候去吃饭？

17:35　我们三人去食堂吃饭，我和阿牛谎称没带饭卡。阿星很慷慨地给我俩买了一斤米饭让我们慢用。

17:41　我们打来六碗免费汤，边看着阿星的菜边吃着自己的饭。

17:57　对面桌子来了一位美女（只有她自己），阿星发呆，他的菜被我们吃光。

18:05　阿星笑着走了过去，坐了下来！我们佩服得五体投地。

18:07　阿星被那位美女骂。我们对那位美女佩服得五体投地。

18:20　我们用餐完毕，到校外溜达溜达。阿星回味着刚才的那位美女，自言自语着。

18:43　我们看见小摊上有卖袜子的，阿牛要买，我们集体帮忙杀价。

18:45　只听卖袜子的吆喝道：南来的、北往的，佳木斯、鹤岗的，当兵的、下岗的，走大街、逛市场的，大家都来看啊！袜子跳楼放血大甩卖啦！一块五一双。阿星说再便宜点吧，五块钱三双行不行？结果成交！

19:01　大家突然反应过来，阿星被痛打。

19:13　我们三个人在大街上唱歌，警察走了过来检查身份证。没带，但幸好阿牛把图书证带在身上。

19:29　警察离开，并警告我们不要唱歌，难听！可是他离开的时候，嘴里也在哼哼歌，我们终于知道什么叫难听了。和占山的歌声有一拼！

19:40　回到寝室，打开电脑听歌。

19:42　阿星要听周杰伦的歌，而我要听张信哲的，于是我们起了争执。

19:44　阿星侮辱我的偶像是娘儿们，为了维护我偶像高大的形象，我这个忠实粉丝和阿星动手。

19:52　还在打……

19:58　还在打……

20:08　还在打，我已经停止反抗了，他还在打。

20:10　占山回到寝室，将阿星拉开，战争平息。

20:16　阿星的朋友来我们寝室玩。

20:28　他和阿星玩吹牛，结果不出所料——他输了。

20:39　阿星、他朋友、我、阿牛，我们四人打扑克。

20:48　阿星他朋友输了，走到门外蹲在地上唱《东方红》，跑调了。

20:50　阿星他朋友又输了，走到门外喊——我是人妖……我是变态……我是同性恋……我是大玻璃……我是计算机四班的阿星……

21:03　上床躺着，但没睡，继续装死！

21:27　听广播听到忘情，于是给他们发短信。短信回复内容如下：

亲爱的朋友，感谢你的参与，你已经成为我们的会员，包月费十元。如不想交纳十元会费请回复N。

21:30　我回复N后又收到一条短信。短信回复内容如下：

亲爱的朋友，感谢你的参与，你已经成为我们的黄金会员，包月费二十元。如不想交纳二十元会费请继续回复N。

21:37　打死我也不敢再回复了。我向广播台拨打了投诉电话，客服小姐唧唧歪歪说了一大堆。最后，还是无法退定，二十元就这样白白浪费。发誓再也不听这个台的广播了。

21:43　玩手机游戏，把自己保持半年之久的纪录给破了。突发感慨——超越自己真的很难！

21:50　阿星上厕所，很不幸被我发现，我帮他冲水。

21:53　觉得不过瘾！我给我班所有男生群发短信，内容是：

阿星在三楼北侧第三个坑上厕所，请大家速来冲水。大家冲才叫真的冲！

22:05　我数了数已经有十二个人帮阿星冲过水了。阿星上完了要起来，我班体委说你再蹲会儿，我还没冲呢。

22:15　我被阿星追着满楼跑，但他抓不到我。不巧，我把我班一位同学撞倒了。结果我被两个人追着满楼跑。

22:29　人多力量大，我被抓到。他们很生气，我的后果很……

22:37　阿星和阿牛下象棋，阿星又输了，被罚做五十个俯卧撑。其中有四十八个是非标准动作。

22:43　对面寝室集体弹吉他，被骂。

22:47　他们不弹吉他改唱卡拉OK。一哥们儿喊道：求求你们了，你们还是弹吉他吧！

22:54　王占山给我们讲了一个鬼故事，把他自己吓坏了！我们听完哈哈大笑，并说这个笑话真好笑。

23:00　寝室熄灯，阿星说他怕黑，于是他点了一支烟。阿牛说他也怕黑，也点了一支烟。

23:10　我提议打会儿扑克，大家说没有电。我又提议点上一百支烟把寝室照亮，结果被骂。

23:20　阿星和阿牛侃NBA，我不懂无法参与。占山说要跟我侃马克思主义哲学，我说那我还是去侃NBA吧。相对来说我还是NBA懂得多些。

23:33　对面寝室的哥们儿来我们寝借打火机，顺便把烟也借走了。

23:40　阿星接到一位神秘女子打来的电话。我们大声地问道："是不是理工的呀?"不是！"是不是师范学院的呀?"还不是！"是不是……"此时阿星的电话被挂断。阿星借着月光怒视我们。

23:45　阿牛给我们念他手机里的笑话。

男职员："老板，我告诉你一个秘密，咱们公司有同性恋。"

男老板："哦！我知道。"

男职员："哦？你怎么知道的，是谁？"

男老板："呵呵！你亲我一下我就告诉你。"

听完我乐抽了，占山无动于衷并追问到底是谁。

00:00　阿星还在拨电话，对方不接！我和阿牛畅谈网络游戏，占山入梦。

00:22　和阿牛约好明天一起去玩网络游戏。

00:30　大家睡去，我在想小玲。

00:55　想到失眠，起来上学校的论坛。

01:10　以ID"流氓吐"写下了小诗一首。

想你

是谁应着这吉他的旋律在歌唱？
是谁像只蝴蝶一样在我心头荡漾？
软软的风抚摩着我的胸膛，
而你就住在其中的某个地方。
翠绿的草让我的目光闪亮，
而你就在这里躲藏。
在一片荒芜的村庄，我看见你，
于是我把这里叫做天堂。
在一个把你丢失掉的梦乡，
我才知道世界上还有一种不完美，叫做凄凉。

小玲，我想你！

第四章 只是意外

九月十日，教师节。

一个令全体教师扬眉吐气振奋不已的日子，特别是我班辅导员，混在教师队伍里多年的他最喜欢过的就是这个节日啦！今天，他一改往日不修边幅的外表，居然穿起了衬衫还扎了一条黄色的领带，头发也打理得十分利落，脚下的一双皮鞋擦得如镜面一般，连面部表情也比平日里丰富了许多。

辅导员的一反常态勾起了我们的好奇心，阿星问道："辅导员，你这是怎么了？咋的，找到女朋友啦？"

"对啊！你怎么知道的？"辅导员回答道。

"嗯？真的假的啊？"阿星只是随口一说，没想到说中了。

"当然是真的，而且你们都认识。"

"哦？还是我们认识的，谁啊？"我问道。

"就是教你们网络工程的杨娜老师啊，哈哈哈哈……"辅导员得意地笑着。

"啊？小杨老师……"阿星一听立刻就崩溃了，他刚对这位年轻的女老师产生这样那样的幻想就被这无情的事实给扼杀了。而且，扼杀阿星梦想的竟然是一位三十岁都没有女朋友的古板男人。我们都无法理解。阿星暗自感慨："难道她缺少父爱吗?"

下午，全校师生休息，老师休息当然也就等于全体学生休息了，真不知道这是老师的节日还是我们的。哥儿几个开始忙活起自己的事情。王占山拿了许多书走进了自习楼，这个短暂的假日对于他来说没有丝毫的影响；阿牛则坐到了网吧的电脑旁开始网游，这个休息日对他的影响是有害而无益的；我刚想问阿星下午要做什么，就看见阿星在往头上狂喷啫喱水。此刻，我开始为和阿星见面的女生祈祷，希望这个休息日不要影响到她的一生。

寝室里只剩下我一个，难道又要在寝室里睡觉不成?在这样一个阳光灿烂的日子里睡觉，显然是一种浪费，再说，这半天假期一年才有一次，而且这可是我学生时代的最后一次了。还是出去转转吧，看看美女顺便也让美女看看我。我骑着自行车在学校里悠闲地逛了起来。嘴里还哼着小曲儿："谁在用屁股弹奏一曲《东风破》，岁月在墙上伯母看见小石猴……"

这边的丁香林里一群校园歌手在狼嚎着，那边的志愿者小分队在清理粘在墙上的小广告。突听身后传来一位女子的声音，有些耳熟，但并不优美。

"师哥！等一等！喂！刘山峰。"

我忙把车停下，看见一群打排球的同学中有一位女生正向我摆手。

"哦！是陈洁呀，很巧！在这里遇见你了。"

"呵呵，是呀。对了！师哥，你骑车去哪里呀?"

“今天天气好，下午又放假没什么事情可做，我随便出来转转。”

“那和我们一起玩排球吧?”

“好啊！我都好久没有打排球了。”

“为什么？是不是因为学习太忙啦?”

“不是！是他们不带我玩。”

陈洁晕!

其实说起我的排球技术那真可谓羡煞旁人啊！什么灌篮啊，三分球啊，空中接力呀，这些我都听说过。（这个白痴说的好像是篮球耶!)

记得有一次和几个同班的同学一起打排球，球向我飞过来时，我双手合十用全力把球垫了起来。球垫得很高很高，你知道有多高吗？很高！以致球在很长一段时间内都没有掉下来。(少林足球啊!）仔细一看才发现，没掉下来的原因是因为我把球打到了五楼的阳台上。结果我被一群同学追着满操场跑。“还我们排球……”“你快去把它给取下来……”

后来更惨的是，我被追上了。她们没有排球打了，只好打我。

又有点扯远啦，还是接着说这边吧。

我很高兴地接受了陈洁的邀请，并被分到了与陈洁对立的一方，大家你一来我一回地打了起来。要说排球真是一项不错的运动，而且男女都能玩。阿星就凭借着高超的排球技术迷倒了一批批MM。用阿星的话说，排球运动很时尚，顺便可以搞对象。我终于知道阿星为什么苦练排球技术啦。而令我一直不解的是，我打排球的力量和速度都略胜阿星一筹，为什么女生一见我来打排球就躲得远远的？好像我打排球会溅她们一身血似的。

就在这时，排球朝我的方向急速地飞了过来。说时迟，那时快！我高高跳起用尽全身的力气一个大力扣杀将排球打了回去，还不禁自我赞美着这一标准的“郎平扣球”。

此刻！只听啊的一声，排球击中了一位女生的头部，她倒在了地上，血从鼻腔里流了出来。买嘎德！此人正是陈洁！

“陈洁！陈洁！醒一醒，快拨110……啊不！120……”

我还沉浸在“郎平扣球”的完美动作中，而大家已经围了上去。而后，我终于明白了我打排球时为什么大家都会躲得远远的。我打排球还真他妈容易见血。

“完啦！完啦！完啦……”不一会儿，远处就传来了鸣笛声，就是那该死的救护车传出的声音。几名白衣天使把陈洁抬上了救护车，我也跟了上去。救护车狂奔向医院……

车上的陈洁一动不动地躺在那里，脸色显得十分苍白。

这次真的把我给吓傻了，胡思乱想了许多事情。想到了《法制在线》节目，想到了被绳之以法的犯罪嫌疑人。越想越

害怕，完啦！完啦！完啦……

我握着陈洁的手感觉到了死人一般的冰冷，我喊道："陈洁！你醒醒，你醒醒啊！我是刘山峰，你别吓我。"

突然，陈洁的眼皮动了动，她渐渐地苏醒了。她用微弱的声音说道："我没事了。"

"你终于没事了，可吓死我了。"

陈洁强挤出一丝微笑，说道："放心吧，没事，排球是打不死人的。"

此刻，我感到我的手被握得很紧很紧……

到了医院，医生给陈洁做了全面的检查，证明她心肝脾肺肾功能均良好。可是她伤的是头部啊！医生又说，现在就头部不敢确认是否良好，有可能是脑震荡，建议她留院观察一段时间，否则容易引起后遗症。这庸医的话我是听明白了，就是还需要钱，是吧？

答案是肯定的。陈洁要住院，是不是需要我来承担照顾她的任务？答案仍是肯定的。谁叫都是我的错，打排球惹的祸呢？

今天的确是个倒霉的日子，我出门时怎么就没看看皇历呢？我没事干吗要骑着自行车瞎溜达呢？溜达就溜达呗，干吗要和陈洁她们一起打排球呢？打排球也无所谓，干吗要用吃奶的力气去扣那个球呢？

我边自责边走回寝室……

走回寝室的时候已经天黑了，正巧哥儿几个正在针对此事进行激烈的讨论。阿星说道："你们听说了没，咱们学校有个女生在打排球时昏倒了？"

占山在那里摇着头。

阿牛一边上网一边说道:“我在咱们学校的论坛上看到有人发了关于这事的帖子,说是由于那女生为了减肥三天没吃饭,在排球场上晕倒了。”

阿星说:“什么呀!我听一哥们儿说,她是被一男生用排球砸晕的。现在都送医院抢救去了。”

占山说:“啊?真的啊?那女生得多点儿背呀!”

阿牛说:“要我看,是那个男生衰才对。那么软一排球都能把人打晕,得用多大劲儿啊!”

阿星说:“听说那女生是大一的新生。唉!这事情我怎么没有赶上?我可以帮她做人工呼吸啊!”

阿牛说:“阿星,你是真够变态的。人家都那样了,你也不放过。”

阿星傻笑,并对我说道:“山峰,一进屋你怎么就闷闷不乐的,怎么啦?”

“我没怎么。”我不屑地说。

阿星问:“山峰,你知不知道有位女生晕倒被送到医院去了?”

我说:“知道?我何止知道呀,她昏倒的时候我就在旁边。”

“啊?快给我们说说,怎么回事?那男生是谁?”

我指着自己的脑袋说道:“就是我!”

“别闹了,快告诉我们是谁?”

我把出事的全过程详细地描述了一遍,然后他们就乐,乐到抽筋。

真没同情心……

第五章　悲惨童年

阿星正在寝室躺着，我推了推他，问道："阿星，你今天有时间吗?"

"有啊！干什么?"阿星回答道。

我说："我要去医院看望陈洁，你同我一起去如何?"

阿星说："好啊！好啊！对了，她长相如何？是美女吗?"

我说："我觉得挺好看的，和占山差不多……"

"啊？和占山差不多？山峰，我现在很忙，不能陪同你去了，不好意思。"还没等我把话说完阿星就把头埋在了枕头底下。唉！阿星性子总是这么急，我的意思是说陈洁有和占山差不多的身高。

我骑着自行车只身前往医院，医院距离我们学校有十几公里的路，我加快蹬车的频率飞奔着……

飞奔的途中接到了陈洁打来的电话："喂，刘山峰?"

"喂，陈洁，你好啊。"

陈洁问："你做什么呢?"

我说：“我正在去医院看你的途中。”

陈洁说：“这么好啊？对了，你来的时候可千万别给我买东西，别破费啊！”

我晕！本来我是没打算买的，听了这话后不买都不行了。我数了数钱包里的钱，走进了超市，把它们兑换成了食品。

到达医院的时候，陈洁正在熟睡，看上去很香甜。我没有把她叫醒，只是悄悄地找了把椅子坐在了一边。看见她枕边放着的书我不禁感叹，如果她没有认识我，现在就可以很安稳地坐在教室里上课了。而我要是不用那么大力去扣那个球，她也不会伤得那么重了。总之，我是不幸的，然而遇见我那就是她的不幸了。我拿起一本书看了起来，这是一本侦探推理小说。她居然喜欢看这种小说，我越来越看不懂这个女生了。

陈洁突然咳了起来，我忙放下书去倒水。

“刘山峰，你到了啊？”陈洁说道。

我把水递上去，说道：“是呀！已经来了一会儿了，今天觉得怎么样？”

陈洁笑了一下，说道：“很好啊，你放心吧。你不用替我偿命了，呵呵！”

我也笑了笑，很惭愧。

陈洁问：“刘山峰，在我生病的时候我就在想，我是不是上辈子欠了你的啊？”

我说：“呵呵！那我不知道，我只知道我这辈子是欠了你的。”

陈洁说：“其实也不算谁欠了谁的，这是缘分。否则你怎么会在那么多人中只打中我的头呢？”

听完这句话我便开始担心，完了！这孩子被我打傻了，需要加大药量了。

“哦？我那本侦探小说怎么不见了？”陈洁问道。

“在我这儿呢！刚才我看了一会儿。”我把书递了上去，问道，“陈洁，你很喜欢看这种小说吗？”

陈洁说：“是呀！小时候我最大的梦想就是当一名女警察，惩恶扬善。”

我说：“哦！那你和我儿时的理想差不多，我小时候的理想是当一名山贼，劫富济贫。”

陈洁说：“好啊！那我就能抓你了，哈哈哈哈……”

我说：“看把你美的。对了，最后你的梦想怎么没实现呢？”

陈洁说：“家里反对呗！在他们看来一个女孩子就应该做些文静的工作。”

我说：“哦！好可惜啊！”

陈洁说：“没关系，幸好我还有侦探小说可以看。对了，那你当‘贼’的梦想怎么也没实现呢？”

我骄傲地说：“你怎么知道我做贼的梦想没实现呢？”

“啊！你……”陈洁指着我说不出话来。

我说：“我就经常把阿星（富家子弟）的好吃的偷来，分给王占山（贫苦人家的孩子）吃。这就叫理想在现实中得到了升华，所以说当山贼和偷阿星东西是一样一样一样的啊！”

陈洁晕……

十点五十分，护士小姐推着小车走了进来开始给陈洁打点滴。护士小姐打量我一番后问陈洁：“这是你男朋友呀？”

陈洁说：“对！是我男朋友。”我还没有来得及否认，她的话已经出口了。

护士小姐向我说道："听说她是被一个冒失鬼用排球砸伤的，你是她男朋友怎么没有保护好她？"

护士小姐这番话把陈洁给笑抽了。而我却只能苦笑，心说，555……我就是那个冒失鬼。

护士小姐离开时陈洁还在乐。

"有这么好笑吗？"我问道。

"坦白地说，有！"说完又笑，真拿她没办法。

陈洁很喜欢听我讲我的故事，而每当我讲完，她就会哈哈地笑个不停，声音很大且并不优美。这不，她又来了。

"刘山峰，给我讲讲你小时候的事情如何？我想听。"陈洁央求道。

我说："又讲，我真的没什么可讲的了，小时候的事我都忘记了。"

陈洁说："你胡说。你小时候一定很好玩，你是怕我笑，对不对？哎呀！我头有点晕，估计几个月内是出不了院了。"

我说："好，我讲，我讲还不行吗？怕了你。那就从我六岁那年讲起吧，我记得很清楚，就在那一年，父母开始教我背诵唐诗三百首。只见一穿着开裆裤的小男孩，一边堆着小土堆一边在那里摇头晃脑地背着，很神经。"

陈洁说："等一等，刘山峰，那年你几岁？"

我说："六岁啊！"

陈洁说："你六岁还穿开裆裤？啊哈哈哈哈……"

我说："有什么好笑的？我哥八岁时还穿呢。"

陈洁说："我服你们哥儿俩了，哈哈哈……"

我说："你别笑了，我还没讲完呢。几个月后，我就背下了N首唐诗。什么绝句呀律诗呀，我张嘴就来。还在过年的时候当着亲戚家人的面展示了一下。啊！‘两个黄鹂鸣翠柳’，‘一枝红杏出墙来’。‘不识庐山真面目’，‘西出阳关无故人’。家里的亲戚听完都愣住了，你看看我，我看看你。我爸顿时脸色惨白，结果我被打！

“七岁时，我老爸发现了我在画画方面的天赋，就因为我在图画本上画了一条栩栩如生的龙。可是，他却不知道那并非我的初衷，开始我是想画一条蛇的。从此以后我老爸就开始教我画画。我老爸拿来了一堆鸡蛋放在我的面前让我画它们，并给我讲了一个达·芬奇画鸡蛋的故事，于是我兴致勃勃地画了起来。N天过去了，鸡蛋已经变成了小鸡鸡！啊不！是小鸡。我老爸来检查我的成果，感叹道：‘这孩子的领悟能力太强了，我让他画鸡蛋，他居然画出了土豆。唉！达·芬奇要是有山峰这么高的悟性，又何苦没完没了地画鸡蛋呢？’于是我就开始改画土豆了……

“又过了几个月，我的第一幅美术作品终于诞生了。我兴奋地拿到母亲面前炫耀：‘妈！你看我画得好不好？’我妈看了半晌都没看出是什么。我老爸一把将画抢了过去，认真地看了看，说道：‘嘿呀！这不是只大猩猩吗？而且还是一只很丑的大猩猩。’我指了指父亲说道：‘老爸！这是您。’结果又被打！”

陈洁说：“哈哈哈哈……你好欠揍啊刘山峰。”

我说：“这只是个开始，欠揍的事还在后面呢！八岁那年，由于我特别喜欢玩泥巴，而且还经常捏一些动物，于是老爸就认为我在这方面可以发展一下。做不了画家做一个雕塑家也蛮好的嘛！从此他开始培养我在这方面的兴趣，给我买了各式各样的橡皮泥，还给我买了许多动物的模型让我照着捏。

“一天，我终于迎来了我人生中第一堂橡皮泥课。我终于可以放矢了，啊不！是有的放矢了。张老师教我们捏橡皮泥时，我学得特别认真，不一会儿就捏好了一个。结果周围的小朋友全都吓哭了。张老师走了过来，批评道：‘刘山峰同学，你捏的这是什么怪物?看把小朋友都吓哭了,快和小朋友说对不起。’我委屈地说:‘对不起！我不该捏张老师来吓唬大家。’

“下午我爸就被叫到了学校。‘刘青同志，你儿子也太不像话了。他居然用橡皮泥捏怪物吓唬小朋友。更可恶的是，他居然说那个怪物是我。’我爸听后非常愤怒，指着我骂道：‘小兔崽子，你看我今天怎么收拾你！对了，张老师，他捏的怪物是什么样的，我能看看吗？’‘就是这个。’张老师把那个所谓的怪物递到我爸的面前。我爸看了看怪物又看了看张老师，居然乐了。张老师后脑勺顿时滴下了一大滴汗－_－b

“晚上，我爸居然偷偷地对我妈说我橡皮泥捏得很好，有当雕塑家的潜力。我老爸的话激励了我，我赶忙又给他老人家捏了一个。他看完后非常恼火，我又被打！他告诉我，我这辈子当什么都当不了雕塑家了。

“九岁时我养成了一个坏习惯，就是喜欢往楼下泼水。每次把水从楼上泼下去，听到楼下传来恶狠狠的叫骂声，我都会有一种莫名的快感，太过瘾了。但没有不透风的墙，后来事情败露了，我挨了老爸一顿臭骂。从此以后我就再也不敢往楼下泼水了。然而，执著却是我最大的优点，许久后的一天我实在按捺不住就把一小盆儿水又泼了下去，奇怪的是楼下一点动静都没有。于是我又泼了一盆，还是没有任何动静。我慢慢地把头探了出去，发现楼下根本就没人。几分钟后，听见一阵急促的敲门声，我忙去开门，看到老爸正湿漉漉地站在门外，眼睛冒着火光。”

陈洁边笑边说：“哈哈哈……刘山峰，那你不是死定了？”

我说：“结果是肯定的，我再次被打！初中时，我有一位同桌叫何芳。人长得那叫一个丑，人送外号‘鬼见愁’。自从和她同桌后，我就杜绝了上课睡觉的习惯。我不敢睡觉，一睡觉就会梦见她——噩梦啊！其实我对她也算不错了，当时我还特意为她写了一首歌词呢——

何 芳

班里有个姑娘叫何芳，
长得难看人又胖。
一双扇风的大耳朵，
大腿粗又壮。

在梦见你的每个晚上，

就像梦见鬼在身旁。

从没流过的泪水，

吓得不停淌。

求求你快点离开，

今生今世都别回来。

如果你还不离开，

我将死在中学时代。

多少次我向老师请求给我换个座，

远远离开这丑陋的姑娘。

多少次看见你僵尸般向我走过来，

你又坐在我身旁……

（注：请用李春波的《小芳》的曲调来唱这首歌。）

“没想到，真的没想到。这首歌居然在班里传唱开来。何芳哭着跑进老师的办公室。下午，我父亲的身影也出现在那里，结果我回家后被老爸一顿毒打。其实我也很‘英雄’了，我爸打了我半个小时我都没倒下。5555555555555555555……因为我是被吊起来打的。这一次次的挨打让我明白了怀才不遇是一件多么痛苦的事情啊！”

陈洁说：“嘿嘿，你活该，谁让你说人家丑的。”

我说：“不过，那都是事实啊！”

陈洁说：“事实也不能被你编成歌啊！你看你这么丑我什么时候说过你？”

“嗯？那你现在……”

第六章　告别男护工生涯

这段时间的我一直奔波于学校、医院两地之间，说实话蛮辛苦的。而更辛苦的就是每次我去医院都要把自己以前发生的糗事讲给陈洁听。不讲她就不吃药，讲得不好笑，重讲。听完她总会前仰后合一会儿，然后说我是个衰神。是啊！我衰，可是她又何尝不是呢？遇见我本来就是一件很倒霉的事情，不是吗？不过值得庆幸的是这次重创没有给她留下任何后遗症，这不，今天她就要出院了。

陈洁出院对我来说无疑是天大的好消息，于是我一大早就骑着自行车一路狂蹬到医院。你要知道啊，从今天起我就告别男护工生涯了，再也不用把自己的衰事都掏出来取悦别人了，真是天大的好消息呀！

我到达医院的时候，陈洁已经梳洗打扮好，看来她今天的心情不错嘛。

陈洁说："那当然啊！这段时间在医院都快闷死了，早就想出去转转了。"

我说：“那好，一会儿我把你安然无恙地送回学校，我的任务也就完成了，然后你再出去转。”

陈洁说：“刘山峰，你就不会说陪我出去转转，然后再安然无恙地把我送回学校吗?”

我倒！心想，我生平最讨厌的事就是逛街了。

这时，我闻到一股浓重的香水味，接着一位女生推门走了进来。“呀！轩轩，你来啦！”陈洁把这位一身浓香的女生介绍给我，“刘山峰，这位美女是我的室友，也是我最最最最好的朋友——轩轩。今天你们俩都得陪我出去转转。”

听完陈洁的介绍我便开始打量这位叫做轩轩的女生。从一个男人的角度来看她的身材非常棒，用阿星的话说就是有着惹火且让男人浮想联翩的身材。长得很漂亮，但不够清纯，不是我喜欢的类型。她的皮肤很白，妆也比较浓，烫了一头的鬈发，穿着一条红色的紧身裤和一双高跟凉鞋。好啦！观察完毕。观察的结果就是非常漂亮但不适合我。

这时，轩轩指着我说:“你就是刘山峰啊,啊哈哈哈……”

我晕，我有那么好笑吗？是不是现在大一的女生都这样啊?

轩轩接着说：“陈洁总和我提起你，说她在火车上认识个大四的男生，傻傻的，特别的好笑。”

“啊？傻傻的，还特别的好笑?”我倒！原来我在陈洁心目中就这形象啊，也太伤自尊了吧。

陈洁说：“对啊！你本来就是傻傻的嘛。告诉你，傻傻的是我对男生的最高评价了，你就偷着乐吧你。”

最高评价???? 我的后脑勺滴下一连串的汗,看来她不会夸人啊……

我们仨走出医院后便在大街上逛了起来，并往返于各种服装专卖店各种购物商场。这一路逛下来我早已身心疲惫，而这二位却仍旧兴致勃勃意犹未尽。最后，在我的强烈哀求下返回了学校。

到达学校后轩轩和陈洁仍旧不依不饶，把我拽进了学校附近的开心饮吧聊了起来。这家饮吧经过重新装修更漂亮了，我已经两年没有来过了。小玲在的时候这是我们经常出没的地方，未免触景生情，于是小玲走后我便再也没有来过这里。

饮吧的老板记性就是好，一眼就认出我来了。走过来热情地打招呼，并问我怎么好久不来了。我只是微微一笑没有作答。轩轩给我点了一壶茶，她们点了一大堆冰激凌边吃边聊了起来。聊着聊着，她俩不时发出这样那样的怪笑声，引得众人像看动物一样看着我们。我偶尔会看见饮吧老板向我投来质疑的目光，他好像在问，你那个很可爱的女朋友哪里去了？怎么换了？你这个人怎么这样啊？我想用很无奈的表情回答他的问题，却不知什么样的表情才算很无奈。

轩轩又点了一些珍珠奶茶，边喝边说："刘山峰，你知道吗？陈洁经常给我们讲你的故事，大家都笑得前仰后合的。"

我说："啊？我有那么好笑吗？我自己怎么没有感觉到？"

轩轩说："是啊！老招笑了。对了，你再多讲一些吧？"

陈洁接着轩轩的话说道："刘山峰，你就当着轩轩的面给她讲讲你的故事吧。"

我说："又讲？我真没有什么可讲的啦！"

轩轩接着说道："刘山峰，你要是能把我逗乐了，饮吧里的东西你随便点，我请！"

我说："这个……那好吧，我讲，你可要说话算话啊！"

轩轩坚定地说：“放心吧！我说到做到。”

我想了一秒钟，然后说：“那已经是我小学时的事情了，当时大概是一二年级吧。那天，老师别出心裁地举行了一个知识竞赛，每回答上一道题就可以得到一朵小红花，于是大家异常的积极，特别是我。

“老师问大家：‘同学们，你们谁知道中国最长的江是什么江啊？’

“我马上举手说道：‘松花江！’因为当时我唯一知道的江就是松花江，所以在我幼小的心灵中一直以为这条江就是最长的。

“老师说：‘不对，中国最长的江怎么会是松花江呢？我告诉大家，中国最长的江是长江。因为它最长所以名为长江。同学们记住了吗？’

“同学们异口同声地喊道：‘记——住——了！’

“老师说：‘大家跟着我说一遍，中国最长的江是长江！’

“‘最长的——江是——长——江。’

“老师又问：‘那大家谁知道，中国最高的山是什么山啊?’

“我眼前一亮，马上站起来说道：‘高山。’

“老师倒!”

轩轩边乐边说：“哈哈哈哈……刘山峰，你够狠！笑死我了，哈哈哈哈……”

又笑！唉！真拿你没办法。转眼再看陈洁，她已经笑到岔气了。

轩轩接着说道：“对了，听说你们寝室的人也很逗。好像有一个叫什么阿星的家伙，很花心，是吧?”

我说：“嗯！我们寝室的人都特别逗，有机会介绍你们认识。至于阿星嘛，你可要离他远些，女生见到他都会大脑短路之后疯狂地爱上他的。”

陈洁对着轩轩说：“这个人和你怎么这么像啊?”

轩轩骄傲地说：“嘿！我就不信会有这样的男生，有机会倒想会一会他。”

陈洁说：“对了，刘山峰，你说说你们寝室四兄弟都是怎样的人吧，我俩想听。”

我又不是作家，没有那么多辞藻来形容，还是通过一件小事来诠释吧：“有一次，一同学来我们寝室玩，给我们出了一道心理测试题，内容是这样的：当你的前方有一位美女走过来时，你第一眼会先看她的哪里? A.脸部；B.大腿；C.头发；D.胸部。阿星抢着说道：‘胸！当然是胸部，我选D。’阿星这种人作这样的选择不足为奇，但我想阿牛是不会这么选择的。阿牛说他会选择A——脸部，先看看她的长相然后再看D！看这里、看这里、看这里……看来阿牛也并非什么好饼。了解我的人都知道我一定会选择C，我特别喜欢观察女生发型的变化，从而判断她是什么类型的女生；她的心情又是怎样的；她最近发生了什么事情；她未来一段时间内有没有灾祸；梳什么样的发型才不会压住财运（这好像是算卦耶）……阿牛他们说我这叫恋发癖。恋发癖？没听过。我们把这道测试题说给占山听，他的回答至今还徘徊在我的耳边：'我，我，我会先看看她的学习成绩。'全寝笑到抓狂，并发誓以后再也不给占山做心理测试了，因为他没有心理。"

此刻的陈洁和轩轩也有些抓狂的趋势，但为了保持女子的优雅她们还是忍住了，只是没有停止笑声，这两位女生一天的笑声比我这辈子的都多，真受不了她们，嘿嘿……

我问道："如果我、阿星、阿牛、占山这四位帅哥供你们选择，你们会选择哪一个？"

轩轩马上答道："王占山！"

陈洁则沉默了一下，说道："如果没有你，我也选占山。"说完，她的脸上泛起了一抹微红。

哦！我恍然大悟，原来她们更喜欢占山那种男生。有品位！

我们仨出了饮吧，轩轩接到一个电话先离开了，我和陈洁继续向前走。走着走着，路过一家电影院的时候，陈洁停下了脚步。

她指着电影院的海报说："呀！今天上映《恋之风景》，这是我很喜欢的一本漫画。"

我不在意地说："哦！"

陈洁说："喂！刘山峰，你也太不绅士了吧？我都说了我很喜欢《恋之风景》这本漫画。"

我说："那好，改天我送你一本。"

陈洁说："不要改天，现在只有两条路供你选择。第一条，你请我看电影；第二条，你请我看电影然后送我漫画书。"

我还没有来得及选择，陈洁就替我选了第二条。没办法，我这个不喜欢看电影的人就这样被硬生生地拉了进去。

《恋之风景》其实讲的是一个很简单的故事。就是一位MM的男朋友挂掉了，她非常伤心。然而，一个偶然的机会，MM发现了她男朋友临终前一幅未完成的画。画中的风景是她男朋友的家乡青岛。于是她只身前往此地寻找画中的风景。她来到青岛后，画中的风景没找到，却认识了一位GG，并产生了一段朦胧的感情。（真不务正业！）

过去的美好久久无法忘却，眼前的幸福却又徘徊不定。这是我在《恋之风景》中看到的，看着看着我想起我和小玲的曾经。小玲她现在在做什么？过得好吗？她母亲的病好了没有？她现在的心情又是怎样的……

这时陈洁把头靠了过来，压在我的肩膀上，紧紧地闭着眼睛。

此刻，我迷离了……

第七章　网络是危险的

时光如水，岁月如歌！（又来了，真受不了他。）

转眼间陈洁出院已经有一段时间了，当然，我告别男护工生涯也有一段时间了。这段时间的我突然觉得少了点什么，变得无所事事起来。我原本下定决心在这最后一年里痛改前非像占山那样苦学一年的，后来才发现这也太苦了。还是阿牛好，专注在网络游戏的世界里，从来就不会感到自己无所事事。陈洁说，无所事事那好办啊，可以陪她逛街请她吃饭给她讲故事。

“那算了！还是让我无所事事下去吧……”

在我看来阿星同志那才真叫无所事事呢，至于如何打发这无聊时光他可是有很多年的心得了。去问问他有什么好方法吧。

此刻的阿星正在寝室上网，听我说觉得日子过得无聊便站了起来，走到我身边，说道：“兄弟！找个女朋友吧，之后就不无聊了。”

我说：“算了，我发过誓的。有没有别的方法?”

阿星说：“有啊！上上网聊聊天。”

我问：“聊天就不无聊了吗?”

阿星答：“那当然了。不信你过来坐到我旁边，看我是怎样逗对方的。”

于是在这闷热且无聊的下午，我搬了把椅子坐到了阿星的旁边，看阿星忽悠女生。阿星的QQ昵称很好玩，叫“卖女孩的小火柴”。个性签名更是别具特色：“拐了，拐了，拐卖了，拐卖也不拐卖你这样的，谁买呀！”看了阿星的个性签名我有一种感觉，不知道是什么但心里面感觉到有一些神奇的那种……

阿星在一旁接道：“是不是那种想自杀的感觉?”

我说：“那倒没有，是有一种想杀你的感觉。”

阿星QQ里的用户分组也很特别，第一组是“好友”，里面只有二十几人；第二组是“美女”，里面有几百人；第三组是“人妖”。人妖?阿星居然有这等爱好?呵呵！我倒是想看看这组里有多少人，我打开这个组一看，里面就三人。分别是：阿牛，王占山，还有我。我去！阿星，你敢骂我们是人妖，你不想活了吧！我要是把这事告诉阿牛和占山，你死定了。

阿星开始向我展示他独门绝学中的第一招——随心所“遇”！他让我随便说一个QQ号，只要她是女的又在线他就能把她搞定。“我不信！592105552这个你试试。”阿星开始对此QQ号进行查找，别说，此人还真是个女的，而且还真的在线。看来我是很幸运的，看来这个女人是很不幸的。阿星把她加为了好友，和她热火朝天地聊了起来。聊天记录如下：

卖女孩的小火柴：嗨！美女，你好哦！

花花草草：在叫我吗？

卖女孩的小火柴：当然是在叫你了，这里还有别人吗？

花花草草：哦！可我不是美女啊。

卖女孩的小火柴：缘分哪！我也不帅。

花花草草：什么就缘分了？

卖女孩的小火柴：你不美，我不帅，难道这还不算缘分？

花花草草：哦！同路人。

卖女孩的小火柴：既然我们这么有缘，不如我们网恋吧？

花花草草：倒！

花花草草：不！

卖女孩的小火柴：为什么要说不？

花花草草：因为不喜欢！

卖女孩的小火柴：怎么会不喜欢呢？曾几何时你就没有感到空虚寂寞吗？

花花草草：我并不空虚，但觉得你很空虚。

卖女孩的小火柴：是啊！我很虚。啊不，是很空虚。

花花草草：很空虚就做一些充实的事。

卖女孩的小火柴：我也是这么想的，所以想和你网恋啊。

花花草草：这充实吗？

卖女孩的小火柴：充实啊！只要你和我网恋，我愿为你去做一切。

花花草草：真的????

卖女孩的小火柴：真的！只要你和我网恋，我愿为你两肋插刀。

花花草草：好吧！你先两肋插刀，然后我们网恋。

卖女孩的小火柴：这……

花花草草：这什么呀！不愿意吧？都说你这种男人靠不住了。刚说完愿意为我付出一切，这就后悔了吧？

卖女孩的小火柴：好了，插完了，我们马上开始一段轰轰烈烈的恋爱吧。爱到天崩地裂，爱到死去活来，爱到排山倒海，爱到鱼死网破。

花花草草：你确认把刀插在两肋上了吗？

卖女孩的小火柴：对呀！我这人说话算话，说两肋插刀就两肋插刀。

花花草草：那你怎么还活着???

卖女孩的小火柴：啊！是这样，我把刀插在刘山峰的两肋上了。

花花草草：去死。

哈哈哈哈……阿星笑得很开心。

这时，一位大眼睛的女生头像闪了起来，双击点开。

可爱苹果：喂，你好吗？

卖女孩的小火柴：一……二……三……四……胃必治。

可爱苹果：你没毛病吧？

卖女孩的小火柴：人才！你怎么知道我有毛病？而且是胃有毛病。

可爱苹果：是吗？你胃怎么了？

卖女孩的小火柴：最近我的胃特别痛，就是现在和你聊天它还在痛。

可爱苹果：怎么搞的？去看看医生吧！

卖女孩的小火柴：看过了，还照了ET。

卖女孩的小火柴：啊，不对！是CT。

可爱苹果：医生怎么说？

卖女孩的小火柴：医生说这是癌呀！活不长了。

可爱苹果：啊？啊？啊？啊？啊？啊？啊？不能吧！T-T

卖女孩的小火柴：是呀，听到这个噩耗的时候，我哭了三天三夜。结果又去了医院。

可爱苹果：怎么？病发作了？

卖女孩的小火柴：那倒不是，是由于哭得太多，把眼睛哭出玻璃体混浊来了。

可爱苹果：天哪！那你不是很背吗？

卖女孩的小火柴：是呀！于是我想到了自杀。

可爱苹果：千万别……

卖女孩的小火柴：我买了一瓶安眠药，结果把它全吃光了都没死成。

可爱苹果：什么牌子的安眠药，告诉我。我要是死绝对不买这个牌子的。

卖女孩的小火柴：什么牌子的都死不了，因为我一天吃两片，连续吃了半个月呀！我容易吗？5555555555555……

可爱苹果：看来你不只胃有问题，脑子也有问题。

卖女孩的小火柴：其实我是不想死的。我还有一个心愿没有完成呢。

可爱苹果：什么心愿，我可以帮你吗？

卖女孩的小火柴：我长这么大都没有谈过一次恋爱。5555555555555555……

可爱苹果：?????????

卖女孩的小火柴：你能和我谈恋爱吗？爱到天崩地裂，爱到死去活来，爱到排山倒海，爱到鱼死网破。

可爱苹果：这……

卖女孩的小火柴：我就知道你这种人是不会管我死活的，还是让我自生自灭，死掉算了。

可爱苹果：好吧！我帮你。

卖女孩的小火柴：真的？

可爱苹果：真的。

卖女孩的小火柴：那你说你爱我。

可爱苹果：不！我的意思是你死不了，我弄死你。

卖女孩的小火柴：嗯？

可爱苹果：阿星你这个家伙，你知道我是谁吗？

卖女孩的小火柴：阁下是????????????

可爱苹果：我是你表姐啊！臭小子，居然敢来挑逗老姐我，你等着。

可爱苹果下线，阿星崩溃……

阿星说：“这下完了，我在表姐面前的正直形象全毁了。表姐也是的，换昵称也不告诉我一声，一大把年纪了昵称还叫这么嫩的名字，真受不了她……”

哈哈哈哈……我笑得很开心！

唉！看来网络真的是一把锋利的双刃剑。当你展姿挥舞的同时，也更容易被剑所伤。阿星总说他的武艺超群内力深厚，完全可以驾驭这把宝剑。结果今天他却被暗箭所害！看来他也不过如此……

第八章　关于早恋

每一天都是太阳晒我屁股，为什么我屁股就不能晒太阳呢？

嗯！今天我屁股刚刚要晒太阳，王占山就开始在寝室里发神经："阿星，快醒醒，和我早恋去！喂，醒醒……"

阿星被王占山这冰冷的手和突如其来的话给弄醒了，迷迷糊糊地说："占山，你又发什么疯啊？我都二十一了还早什么恋什么呀？"

王占山一本正经地说："不是这个意思，早炼是早上起来锻炼的意思。你昨天晚上不是让我第二天起来的时候叫你一起去吗？"

阿牛在一旁插嘴道："占山！那叫晨练好不好？拜托你用词得当一些。"

王占山说："都一样，都一样。我们那儿都叫早炼。"

阿牛问："那你们那儿的人是不是都喜欢早恋呀？"

王占山说："是呀！我爸妈天天都早炼，我和我妹也一起早炼。”

这时我肚子开始疼了起来，笑的！一大早听这么好笑的事情当然睡不着了，于是我们哥儿四个就一起去“早恋”了。

“清早的空气格外的清新，就像刚刚下过雨一样。”我说。阿星反驳道：“什么叫就像，明明就是刚刚下过雨嘛。看！这地都没干透呢。”

哦！的确刚下过雨。由于我平时都比较懒，所以已经记不得上一次早起是什么时候了。好像是一九九八年七月二十九日那天，记不清了。别说，这操场上“早恋”的同学还真不少，而且“早恋”的花样也很多。有打羽毛球的、跳绳的、跑步的、做俯卧撑的、练拳击的，还有唱歌和练疯狂英语的。当然，唱歌和练疯狂英语主要锻炼的是听者的耳膜。哇！练疯狂英语的人中居然有我们班的小宝。我们过去和小宝打招呼，小宝也很有礼貌地对我们狂喊道：“喂！山峰、阿星、阿牛、占山，你们今天怎么这么早就起来了啊?”小宝的声音太突然太大了，险些把我吓坐到地上，我转身再一看，占山已经坐到了地上。我去！占山胆子也太小了吧！和小宝告辞后，我们赶快离开了这个英语角，这练的哪是什么疯狂英语啊？明明是狮子吼嘛。

我指着不远处的树林，问：“奇怪，那边的那个男生在做什么呢?”

众人顺着我手指的方向望去，只见一位很胖的男生在咣咣撞树，边撞还边念叨：“一百七十八、一百七十九、一百八十……”只见那棵小树上的树叶摇摇晃晃地掉了下来。就他这体格树能受得了吗?

占山告诉我们，这男生精神有点问题，在这里撞树已经撞了一年多了，树都被撞折了两棵。他刚上大学的时候学习非常努力，后来可能是压力过大得了这病，见树就撞，学校拿他也没有办法。

我说："咱们还是赶快离开这儿吧，万一他不撞树了改撞人怎么办?"

在我的提议下哥儿几个慢跑了起来。跑啊跑……跑啊跑……跑啊……突然，阿星兴奋地指着那边的一群女生说道："那边有一群美女在跳绳，咱们也去凑个热闹吧。"

没有人同意，但还是被阿星给拽了过去。巧了！陈洁居然也在跳绳的女生中，但她没有发现我。

阿星不禁感叹："真是乱花渐欲迷人眼啊！"

占山忙问道："什么叫乱花'贱玉'?"

阿牛不耐烦地答道："就是春光乍现呗，笨！"

占山又问："那什么又是春光乍现呢?"

我答："就是乱七八糟的光在你眼前晃来晃去。"

"那什么是……"占山还要问问题，被我们推到了一边。我们三个专注地看着这群跳绳的女生。

和男生锻炼不一样，女生锻炼身体主要是为了减肥，所以这群跳绳的女生大都身材有缺陷。当然，除了陈洁，她是为了保持身材。

这时阿星说道："哥儿几个谁要是能把那位女生手里的跳绳借来，我就请他吃早餐，怎么样?"

阿星真是倒霉催的，他指的人正是陈洁，呵呵！我心想，这次他请定了。我刚要去借就被阿牛拦住了，阿牛甩了一下头发，说道："看我的！"说完，阿牛就冲了过去。

我们能够看出阿牛为了借这根绳子费了不少口舌，然后陈洁又费了更多口舌拒绝他。阿牛又试图表现自己的愤怒和强硬，却被一位身材更加魁梧的女生用她那更愤怒更强硬的眼神给吓了回来。

阿牛为了不让那群女生发现我们，特意绕了一小圈才跑回来，跑到我们面前说道："太恐怖了，打死我我也不去借了。那几个女生也太野蛮了，如果再在那里一会儿恐怕小命难保啊！"

阿星说："瞧你那点出息，不就是几个女生吗？她们还能把你给吃了啊?"

我说："是啊！这有什么啊？明天我去借！"

第二天，同样的时间同样的地点，陈洁她们同样地跳着绳。

我自信满满地对阿星说："我要是能借来，你就请咱们全寝吃早餐，如何?"

阿星上下打量了我一番后问道："你行吗？"

我说："行不行，你一会儿就知道了。"

阿星说："好！你要是能借来，我请咱们全寝吃早餐。你要是借不来，你请全寝吃晚餐，如何？"

"OK！"说完，我就跑了过去……

我跑到陈洁面前摆了摆手："喂！陈洁。"

陈洁说："呀！刘山峰，你也起来了。"

我说："是呀，我也'早恋'来了。"

陈洁说："什么？刘山峰，你刚才说什么？"

我说："啊！我是说，你这么早就起来锻炼来了啊！"

陈洁说："早吧？我五点就起来了。你呢，你几点起床的？"

我想了想，说："我啊？我早上起来的。"

陈洁晕！

其实以上说了这么多废话是怕阿星他们起疑心，你想啊，哪有女生会那么轻易把自己正在玩的跳绳借给一个不认识的男生？所以我故意表现得套近乎的样子，差不多了，赶快进入正题。

我说："对了，陈洁！能把你的跳绳借我玩一下吗？早上起来想活动一下筋骨。"

陈洁说："当然，给你！"

我接过跳绳向阿星的方向做出了一个胜利的手势。阿星和阿牛先是惊讶，然后纳闷中……

阿星心服口服地请大家吃了一顿早餐，并问道："山峰兄，请问你是怎么做到的呢？"呵呵！我才不会告诉阿星我认识陈洁呢。我喜欢看见他们将崇拜的目光投射在我身上。我从容地问道：“想知道吗?”

“想知道，想知道!”阿星、阿牛、占山都想知道我究竟说了什么。

我说：“其实也很简单，我跑过去说，美女，把跳绳让我玩一会儿。你叫她美女，她一高兴，当然就会把绳借我了。”

阿星听后大彻大悟，说道：“啊！原来这么简单啊，明天我也去借。”

次日清晨，同样的时间同样的地点，陈洁她们同样地跳着绳。阿星做了一系列的热身运动，如：俯卧撑、引体向上、扩胸运动、十米折返跑、压腿……

我说：“阿星，你还有完没有？等你做完了，她们就该去吃早饭了。”

阿星说：“好啦！准备完毕，兄弟们，等待我胜利的消息吧!”阿星对我们做了一个胜利的手势跑了过去。

阿牛问我：“你说阿星用你那种方法能成功吗?”

我点了点头，坚定地说：“肯定不会成功!”

一分钟后，果然出事了，阿星被那群跳绳的女生挠。

“陈洁！别挠了，再挠就破相了。”我忙上前阻止，问道，“他怎么了？你们干吗挠他呀?”

陈洁很生气地说：“你问他，他说了什么?”

阿星哀怨地说道：“我没说什么呀。我就说：美女，让我玩一会儿!”

听完阿星的话我深深地吸了一口气，说道：“你们继续挠吧!”

中国汉语博大精深，阿星居然敢乱省略词语，挠他不冤。

第九章　一见钟情

你体验过一见钟情的感觉吗？就是心跳加快、忐忑不安、语无伦次的那种。自从上次阿星被陈洁挠了以后他就找到了这种感觉，我已经记不清这是他多少次说自己有这种感觉了。阿星却说，这次不一样，绝对不一样。还从来没有一个女生敢这么狠地挠他呢，太过瘾啦，太刺激啦！

去！活脱一个建宁公主。而今天建宁却求我帮他和陈洁撮合一下。帮他撮合？这不等于把陈洁往火坑里推吗？我和陈洁无冤无仇，干吗要害她呢？不能帮，坚决不能帮。

阿星说："那帮我创造几次和陈洁独处的机会总可以了吧？"

"那怎么行？人家可是正经女孩儿。正经女孩儿怎么会和你独处呢？再说了，和你独处后正经女孩儿也会变得不那么正经了。"我反驳道。

阿星说："别整绕口令，一句话，就说你帮还是不帮吧？"

我坚决地说："不帮，绝对不帮！"

我的坚决回答惹恼了阿星，他在一气之下做出了一系列反常的举动。首先阿星用了大半天的时间和MM说永别（看没看见，说分手还得用半天的时间，可见他是多么的花心）；然后将QQ里的女生统统地删除，删到手指抽筋；为防止再有MM来骚扰他，他甚至把手机卡也给掰了。唉！为了在我面前证明自己不是火坑，阿星真可谓是煞费苦心啊！我都差点被阿星的痴心给感动了。但谁知道阿星这次的痴情又能保持几秒钟呢？

阿星说：“刘山峰，你也太看不起人了。”说完狠狠地瞪了我一眼，转身离开了寝室。

其实并非是我铁石心肠，阿星和陈洁无论从相貌还是身高上都挺般配的，也算是“狼豺女貌”吧！要不是阿星那么滥情我还真想帮他这个忙。但如果我真的帮了他这个忙，不等于让陈洁飞蛾扑火吗?！不能帮、不能帮、绝对不能帮……

半个钟头后，阿牛回到寝室翻箱倒柜地找东西，并向我询问，他刚才落在桌子上的手机卡哪里去了？

我恍然大悟，说道：“啊？那是你的手机卡啊！刚才我看见阿星把它给掰了。”

阿牛听后赫然动怒，说道：“啊？他给掰了！他凭什么掰啊？那是我向别人借来的单向收费的手机卡啊。一会儿就得还给人家，这可怎么向别人交代啊？死阿星，他去哪儿了？我要弄死他！”

我说：“他匆匆走了，也没说去哪儿。对了阿牛，一会儿阿星回来你可千万别说是我告诉你的啊！”

阿牛说：“行，阿星要是问我我就说不是刘山峰说的。”

嗯？此地无银啊……

过了一会儿，一哥们儿果真来向阿牛要手机卡了，得知阿牛把他的手机卡给弄碎了以后他脸色突变并开始埋怨起阿牛来。阿牛连连说着对不起，并表示给那哥们儿重新办张卡，这才摆平了此事。阿牛越想越生气，越生气越想。阿星凭什么掰他的手机卡，怎么不掰自己的呢？阿牛想要找阿星算账，但此刻的阿星早已经不见踪影了，于是乎阿牛就把阿星衣服兜里能掰的卡全给掰了。什么银行卡啊，200卡啊，IC卡IP卡IQ卡啊。(刘德华：没有IQ卡，IQ是智商。)

IC卡！“等会儿，那IC卡是阿星向我借的。等一下再掰。”此刻，声速远没有阿牛手指的速度快，我的IC卡就这样被掰成了四半。我说道：“阿牛，你手怎么那么快啊？你赔给我。”当然，阿牛是死活都不会赔的，于是我和阿牛掐了起来。结果我没掐过他，555555555……

就在这时占山回来了，说了一句话，阿牛差点没被气死。

占山说："阿牛，我刚才收拾桌子的时候捡了一张手机卡，怕弄丢了就给收了起来，你看是谁的？是你的吗？"

阿牛倒！不用看了，阿牛这回惹祸了。

晚上，阿星一身酒气晃晃悠悠地回到寝室，一屁股坐到了地上，并用两根指头指着王占山说道："刘山峰，你太不够哥们儿了。我对陈洁是真心的，你为什么就不能帮帮我呢？"

啊？阿星居然把占山当成我了，这酒喝的，眼神咋都不好使了呢？不过也挺有意思，得逗他一下。王占山刚要告知阿星他不是刘山峰，还没有开口就被我把话抢了过来："是啊！刘山峰也太不讲究了。要是我，我就狠狠地抽他一顿。"

阿星听到我的话情绪更激动了，已经开始摩拳擦掌了。他说："我长这么大都没有遇见一个像陈洁这样豪爽正直的女孩子，难道我就不可能认真一次吗？你也太看不起人了吧！"

我对着占山说："是呀！你也太看不起人了吧。一个寝室的兄弟，这点小事你都不帮忙。真是气死我了，要是我，我就往死里打刘山峰。"

阿星终于忍无可忍，晃晃荡荡地站了起来，向占山走去。占山向后退了两步，摆着手说道："阿星，我不是山峰，我是占山啊！他才是刘山峰，有仇找他报啊！"说完指了指我。

阿星一愣，如梦方醒，说道："对呀！他不是占山吗？你才是刘山峰啊。"说着，阿星向我走了过来。之后我确认到他的确是往死里打的，555……唉！作茧自缚啊！

为了防止自己成为伤残人士，为了阻止阿星毁灭一位国家栋梁之才，我只好答应阿星的要求，帮他和陈洁创造机会。阿星听完欣然一笑，躺在床上醉死过去。

第二天，阿星发现自己的银行卡、IP卡、200卡都被掰成了两半，便问阿牛这是怎么回事，阿牛说是因为阿星喝醉了，自己一气之下就给掰了。

阿星拍拍脑袋说：“唉！看来我真是没少喝啊，我都不记得啦。”

我倒！这种鬼话阿星都能信。服了他！

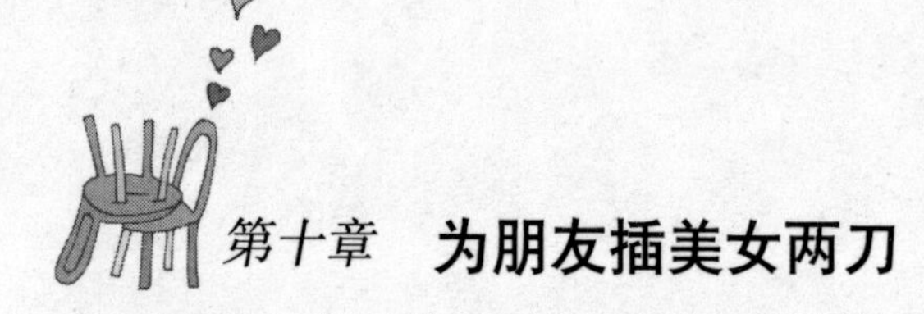

第十章　为朋友插美女两刀

阿星这个卑鄙的小人，整天拿着望远镜偷窥陈洁的寝室。阿星反驳我的质问道："我倒是想偷窥，我也得窥得到啊。她们把窗帘拉得严严实实的，我又没长透视眼。"

什么都看不到还看，那就更卑鄙了。我问："那你看什么?"

阿星说："我是在找一种心理安慰，偶尔能看见她的身影映在窗帘上我就心满意足了。"

我问："你能知道哪个影子是她的吗?"

阿星说："我再说一遍，我是在找一种心理安慰，你干吗和我较真啊? 对了，刘山峰，你不是说要帮我吗?"

"我说过吗? 我有说过这样的话吗? 我怎么不记得了?"我反问道。

阿星说："你当然说过了! 那天我喝了很多酒，晚上回来时你说你会帮我创造机会的，你忘了吗?"

我说："是呀! 那天你喝多了，所以我说的都是醉话，当不得真的。”

阿星说：“不对呀！是我喝醉了，你又没醉。”

我说：“你醉了，我估计你也听不见就随便敷衍了几句。”

阿星说：“刘山峰，我早就知道你是这种人了。”说完此话，阿星转身欲离开。我一把拽住阿星，忙说：“阿星，刚才是和你开玩笑呢。我这就打电话约陈洁出来，真拿你没办法！”

和陈洁约好了下午在学校外面的一家饭馆见面。差五十五分钟四点的时候，陈洁轻盈地走了进来，看来今天她的心情不错嘛。陈洁走近一看阿星也在，脸色顿时沉了下来，转身要走。还好我的面子够大，陈洁在我的劝说下勉强地坐了下来，但眼睛却狠狠地盯着阿星。阿星不敢看陈洁，低着头显得很狼狈。我突然感觉古人云过的那句——卤水点豆腐一物降一物，真是很有道理。阿星肯向一个女生如此委曲求全，陈洁还是第一人。

我有点被阿星的反常行为打动了，于是我决定昧着良心替阿星说几句好话：“陈洁，其实那天的事都是个误会而已，是因为那天我们打赌看谁能让你发怒，结果阿星赢了。”

陈洁将信将疑地问道：“真的吗?”

我说：“是真的，不信你问阿星。”

阿星马上接道：“是！是真的。”

陈洁说：“那好吧！我就看在刘山峰的面子上原谅你了。不过下次不要再开这种玩笑了，不然我那些姐妹也不会饶了你的。”

阿星一听陈洁说原谅他了，马上来了精神，腰也挺直了，头也抬起来了。阿星说：“不，不会再有下次了。你肯原谅我真是太好了，来！咱们握个手吧。”阿星边说边把手伸了出来，

而陈洁对此却无任何回应。为了不让局面尴尬，我灵机一动想出个好方法。我先是握了握阿星的手，然后把我的手递到了陈洁的面前，又和陈洁握了握手，说道："这就相当于你们握过手了，以后大家就是朋友了。"

陈洁一听这话忍不住笑出了声，阿星一看陈洁笑了他也傻笑着，但他的笑多少有些无奈。之后陈洁说自己对阿星这个名字并不陌生，说我经常在她面前提起他。阿星听后很高兴，问道："是吗？山峰他都说我什么了？"

陈洁说："他说你是一个很花心的人，身边有很多的女生；说你为朋友两肋插刀，为美女插兄弟两刀；还说你的座右铭是：美女如衣服，兄弟如手足；瞒着你手足，你穿了他衣服；为了不还他衣服，你剁了他手足。还说你……"

说到此，我马上向陈洁眨眼睛并阻止道："陈洁，我什么时候这么说过阿星啊？阿星是我好哥们儿，我怎么会说他坏话呢？你别逗他了，打死他也不会信的。”

阿星说：“可是我信了，而且决定将你打死。”此刻的阿星正用那凶神恶煞的眼神在看我，莫非他想用眼光杀死我？

其实也不能怪我呀，我说的都是事实啊。再说，我说阿星坏话的时候也没有想到有一天阿星和陈洁会认识啊，更没有想到阿星会喜欢上陈洁啊。唉！天意啊……

后来，饭馆里不时传出几个人的笑声，大家从校园聊到了音乐，又从音乐聊到了明星绯闻，又聊了聊网络上的趣闻，最后聊到了政治（就是没聊学习和中国足球）。没想到阿星和陈洁居然有一个共同点，他们都喜欢周杰伦的歌。

陈洁说：“听说周董又要出新专辑了。”

阿星说：“对啊！我也听说了，等出时我去买来送给你。”

陈洁说：“不用！不用！我自己去买，我永远支持JAY。”

阿星说：“我有很多周杰伦演唱会的VCD，你要不要看？”

陈洁说：“好呀好呀！对了，你有周杰伦出道时的专辑吗？”

阿星说：“有呀！你想要我送给你……”

这两个家伙说的这些我根本插不上嘴，而当我谈到卢庚戌谈起《蝴蝶花》的时候，两人却没有任何感觉。

还好，小玲有……

陈洁和阿星的关系终于在我的帮助下得到了缓和，陈洁已经由最初的横眉冷对改成了眉开眼笑，当然这和二人有着同一个偶像有很大的关系。陈洁对他眉开眼笑，这对于阿星来说无疑是天大的喜事，而对于陈洁来说呢？她会不会因此落入阿星的魔爪？阿星又会不会像对待其他女生一样对待陈洁呢？

欲知后事如何，请听下回分解！

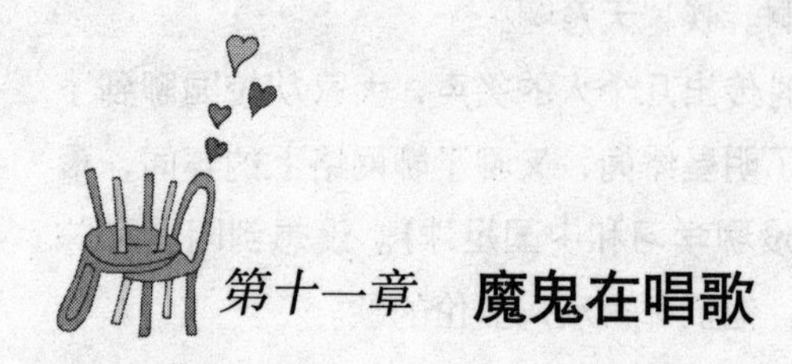

第十一章　魔鬼在唱歌

上回讲到，阿星终于和陈洁成了朋友，为此阿星付出了N顿饭的代价。这不，一大早阿星又慷慨地请我吃了一顿早餐，并要求我帮他在陈洁面前美言几句。这个不难，只要我不在陈洁面前说阿星坏话就算是帮他美言了。

我和阿星用完早餐，向教学楼的方向走去。突然发现学校告示板前围了好多的人。出于好奇我和阿星走上前去，将人群拨开一道缝隙，一大幅精美的海报赫然呈现在我们眼前，只见上面写着：

音乐广播杯校园原创歌手大奖赛

为展现哈市高校学子风貌，倡导健康向上的校园文化氛围，发掘和激励热爱音乐的艺术人才，促进中国歌唱事业的繁荣与发展，音乐广播电台与哈尔滨市各大高校联合举办“音乐广播杯校园原创歌手大奖赛”，此次校园歌手大奖赛分为本校预赛、联校决赛两个阶段。大奖赛评委将由哈尔滨市资深文艺工作者、哈尔滨市著名主持人担任。

一、比赛奖项：

冠军：奖金2000元，并获邀参加音乐广播电台的节目录制。

亚军：奖金1000元，并获邀参加音乐广播电台的节目录制。

季军：奖金600元，并获邀参加音乐广播电台的节目录制。

入围奖：20名，奖励音乐广播电台主持人亲笔签名的精美礼物一份，并获邀参加音乐广播电台的节目录制。

二、参选资格：

任何符合下述条件的人士（以下称参选者）均可报名参加音乐广播杯校园原创歌手大奖赛活动。

1. 参选者必须是哈尔滨市在校大学生。

2. 参选者必须持有效的学生证或者身份证。

3. 参选者应具有良好的道德品质，无不良嗜好。

4. 参选曲目必须是原创作品。

5. 参选者不得为主办单位雇员之家属。

三、报名时间：本月15日、16日、17日。

四、报名地点：各高校学生会。

五、具体赛程：请咨询所在学校学生会。

六、此活动最终解释权归音乐广播电台所有。

主办单位：音乐广播电台。

协办单位：哈尔滨市各高校。

读完海报阿星兴奋地说："哈哈！唱了这么多年的歌，这下终于可以出头啦！”

我说：“阿星，你想参加这个比赛吗？”

阿星点了点头：“嗯！”

我说：“可是你不符合人家的资格啊。”

阿星说：“怎么不符合？你看这标准条条都好像是为我设置的。”

我说：“参选者应具有良好的道德品质，这条你就不符合啊。”

阿星说：“靠！你敢糗我。我偏要拿个奖让你瞧瞧，顺便让陈洁也了解一下我的实力，也许从此后陈洁就……啊哈哈哈哈……一定会的。”

比赛还没进行，阿星就YY起来了，真拿他没办法。

自从阿星作出参加校园原创歌手大奖赛的决定后，我们寝室就再也没有安宁过。想当年，北斗七星乐团的解散对阿星的打击很大，从那时起阿星对音乐便没有了兴趣，也不再碰吉他了。而这次，他却将自己尘封了很久的吉他从床下拽出来，擦去浮灰，调好音准，这就算正式开始了。

寝室成了阿星的排练场，而我则成了他唯一的粉丝。（阿牛专注于网游，占山专注于考研。）本来我是打死都不当这粉丝的，但阿星说他会不定期地送给他的粉丝一些礼物，还会不定期地邀请他的粉丝参加一些饭局，总之，好处大大的。听后，我便成了阿星的铁杆粉丝。

其实阿星的粉丝可不是什么人都可以当的，他需要有很弱的音乐鉴赏能力，还要有超强的忍受能力，看来这粉丝非我莫属了。这年头，凡是粉丝都有自己的名字，例如钢丝、玉米、飞艇、鱼翅（冰鱼的粉丝）。当然我也不例外。阿星说就叫

“行星”吧。我问为什么？阿星说没有为什么，就是觉得好听而已。而当阿牛和占山得知我叫“行星”的时候，他们笑疯了。他们说要是赶上个舌头大的人会读成“猩猩”的，哈哈哈……从此，猩猩替代流氓吐成为我第二个绰号，55555……

今天，陈洁给我发来短信，邀请我和阿星、阿牛、占山参加由她组织的烧烤晚会。我问阿星去不去，阿星非常坚决地回答，当然去了！有这等好机会怎么会错过呢？说完拿起吉他又弹了起来。

下午，和陈洁约的时间到了，我们向陈洁的寝室楼走去。值得一提的是阿星，他居然把吉他也背了去，准备在晚会上为陈洁献歌。又唱？真受不了他。

此刻，陈洁已经在楼下等我们了，阿星远远地看见陈洁便飞快地跑了过去，殷勤地说：“陈洁，你等很久了吧？”

陈洁说：“没有啊！我也是刚来，你们蛮守时的。呀！阿星，你把吉他也背来了，真好。听刘山峰说你要参加歌手大赛，一直都想听你唱唱，这次终于可以一饱耳福了。”

阿星一听此话心里爽极了，说道：“好啊，今天我给你唱首我自己创作的歌。”

陈洁说：“好啊好啊！我特别喜欢听歌。”

这时，我们几个也走到了，和陈洁打招呼。陈洁说：“大家稍等一下，轩轩在楼上化妆呢，马上就出来。”

阿星忙殷勤地说：“没事，不着急，我们等。”

突然，一股浓香飘然而至，好熟悉的香气啊！我环视四周，发现轩轩从楼里走了出来。轩轩今天打扮得格外漂亮，而且十分性感。一件淡粉色的小衫，将身材更大限度地展示出来，特别是一条超级短的裙子，更是令大家浮想联翩。

此刻的阿星双眼发直，已经流出了哈喇子。真没出息，太给我丢人了。转眼再看占山，哇！他流鼻血了。更没出息！

陈洁向大家作着介绍：“这是我的室友轩轩，这三位是刘山峰的室友阿牛、阿星还有王占山。”

这时，轩轩指着阿星说道：“你就是那个花心的阿星啊？久仰久仰！”

“啊？花心的阿星？”阿星听完这话就开始怒视着我。我发誓绝对不是我告诉她的，但你要知道，当你把一件事告诉给一个女人的时候，你就等于告诉给了全世界的女人。

轩轩又指着占山说道：“那你叫王占山是吧？听说你这人特有意思。”

王占山挠挠头，说道：“我有意思？”

“是啊！而且听说你唱歌特搞笑，属于那种没有调的原创歌手。”轩轩边笑边说道。

王占山恍然大悟，和阿星一起怒视着我，好像要一起把我吃掉。

时间已经扭转到了下午五点一刻，地点已经换成了学校人工湖边，烤炉上的烤肉也已经散发出馋人的香味。这时，从远处走过来几个同学，陈洁一看他们来了，忙说："嗨！你们几个家伙怎么才来啊？我们都已经烤上了。我给大家介绍一下吧，这几位都是我们话剧社的同学，张宏伟、刘佳、石涛、杜娜。这些是我朋友，阿牛、阿星、占山、山峰、轩轩。"

其中叫做张宏伟的男生说："很高兴认识大家，我们社最近正在排一部和环保有关的话剧，希望到时候大家来捧场。"

我们哥儿几个忙说："一定，一定。"然后心想这男的是谁啊，傻啦吧唧的。后来才知道原来他就是话剧社的社长。

这时，张宏伟做出了令阿星极其气愤的事情。张宏伟把阿星放在地上的吉他拿了起来，说道："这是谁的吉他啊？正好，我给大家即兴弹奏一首。"说完拨弄起琴弦来。

阿星刚要动怒，一看陈洁在旁边便不好意思了，忙说道："我的！你随意弹，随意……"心里却快要气炸了。这时，张宏伟自弹自唱了一首五月天的《知足》，弹完后阿星终于气炸了。平心而论，张宏伟唱得真是太好听了，和原唱极像。本来阿星想在陈洁面前露两手的，这下被张宏伟给比没了。

当天晚上，大家喝了很多的酒，特别是张宏伟，喝到一半时他实在受不了了被人搀了回去。事情是这样的，当时阿星给我们使了个眼色，我们就心领神会地和张宏伟干杯。阿星一使眼色我们就干杯，一使眼色我们就干杯。不一会儿张宏伟就喝高了，终于被人搀了回去。张宏伟一走，阿星便抱起吉他开始唱歌，说实话真的没有张宏伟唱得好，但我当着阿星的面是不敢说实话的。阿星唱了一首他为比赛创作的歌，叫《魔鬼与天使》，歌词是我帮他写的。

魔鬼与天使

不该遇见你，
你让我丢掉了杀机。
从没有过的，
莫名心跳与呼吸，只因我们的偶遇。

也许是命运，
也许是一场缘分雨。
淋湿我和你，
让魔鬼和天使，躲在同一个角落里。

好想告诉你，
藏在我心底的秘密。
好想听你说，
你的现在和过去，还有你爱的东西。

魔鬼的使命，
要让天堂变成地狱。
我放下武器，
众叛亲离，因为我在天堂看到了你。

谁说这样的奇迹，只能在童话和小说里？
谁说魔鬼和天使就是天生的死敌？

谁说这样的爱情，只有开始而没有结局？

我是魔鬼你是天使，这是我们的宿命。

谁说这样的奇迹，只能在童话和小说里？

谁说魔鬼和天使永远不能在一起？

谁说这样的爱情，只有开始而没有结局？

你是天使我是魔鬼，但是我爱你。

听后，陈洁夸阿星这首歌写得好，特别是歌词，她特喜欢，并问歌词也是他写的吗。我刚要说是我写的，就被阿星捂住了嘴。更绝的是他可能怕我鼻子会说话，于是他把我鼻子也捂住了。

我不停地蹬着腿……

阿星边捂着我边对陈洁说："当然！当然是我写的啦！而且我是为……"阿星刚要说其实这首歌是为她写的，陈洁的手机就响了起来。她走到一旁去接电话，阿星这时才意识到我离鬼门关不远了，于是把手松开了。

这次以后，阿星在陈洁心目中的形象又上升了一个层次，我也越发为陈洁担心了。小红帽正一步步地掉入大灰狼，啊不！是大色狼的圈套，而她却毫无防备。唉！罪过啊！

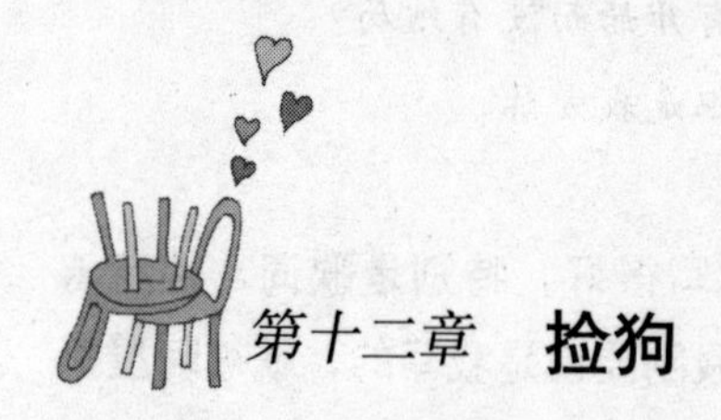

第十二章　捡狗

比赛并没有像阿星想的那么顺利，阿星刚冲出外围赛就被残酷地淘汰了。评委一致认为阿星唱歌时吐字不清，不知道他在唱些什么，也就不知道他的歌里面所表达的内涵。评委的意见是阿星先把普通话学好然后再来参加比赛。我们早就说过阿星是大舌头吧，他偏偏不服，怎么样？被淘汰了吧？

阿星暗自感叹，下一个周杰伦就这样被扼杀了，唉……

下午五时……

“阿星怎么还没回来呀？”我自言自语道。

“阿星怎么还没回来呀？”我自言自语道。

“阿星怎么还没回来呀？”我自言自语道。

阿牛说：“刘山峰，你今天是怎么了？这么想阿星。”

我说：“别误会，我托他帮我买饭，到现在都没有回来，我都快饿死了。他不会是携款潜逃了吧！”

说到这时，阿星急匆匆地跑回寝室，兴奋地喊道：“兄弟们，你们看，这是什么？”

“呀！狗！你在哪儿偷来的呀?”大家凑上来说道。

阿星说：“怎么说得那么难听，什么叫偷来的！这条狗是主动跑到我的脚下，被我用半根火腿肠给引回来的。”

我们听完不禁感叹：“哦！还是偷来的。”

阿星接着说道：“不管它是怎么来的，反正是别想走了。从今天起这条狗就是咱们寝的新成员了，排行老五。”

占山阻止道：“那怎么行！这条狗又不是咱们自己的。它的主人找不到狗会很着急的，还是把它送回去吧。”

“好不容易才偷到的，啊不！捡到的，咱们就留着吧。”阿牛接道。

占山坚定地说：“不行！必须送回去，这是别人的。别人的东西就得还给别人。”

我问：“可是狗已经在咱们寝室了，上哪儿找它的主人啊?”

占山一听便说：“哦！那就把它留下吧！”

我倒！我还以为王占山会继续坚持呢。

既然占山不再坚持，狗也就自然而然地留了下来，而给狗起名字就成了我们寝争论的热门话题。

我说道：“既然是阿星偷回来的，就叫他星星好啦。你看这名字多好听，是吧?”

大家讽刺道：“好什么好啊……猩猩？还大象呢。”

阿牛说：“既然是捡来的,就叫它狗剩子吧！这名好养活。”

“狗剩子？还三胖子呢，这名太难听了吧。”

“那叫什么呢……”

阿星说道：“这名字起得既要好听，又要有点纪念意义。不如这样吧，就取咱们寝老大和老二名字中最后一个字怎么样?”

“哦！好吧。”占山欣然同意了，既然这样我也不好再反对。心想，反正是一个字，没什么的。

阿星接着说道：“咱们寝老大叫王占山，老二叫刘山峰。取他们名字的最后一个字就是——‘山’和‘峰’!”

“啊？山峰！55555555555555555555555555555555……这哪里是取我们俩的名字，这明明是取我的名字嘛！不行，不行。”我怀着无比气愤的心情阻止道。

大家一致觉得这个名字好，而我说话在寝室一向是不好使的，当然这次也不例外。于是乎，山峰便成了那破狗的名字。

从此以后，只要在我们寝室里喊“山峰”二字，就会有两个人回头。不！是一个人一条狗。我要强调的是，我是人。

真的没想到，我这个人居然会没有一条狗的地位高。阿星给狗买了好多好吃的东西，弄得我和阿牛都垂涎欲滴。我强烈要求把吃的分给我这个山峰一些，阿星却不肯。阿星说等狗吃

剩下才能给我，我开始羡慕起那条破狗来。

这之后的一些日子里，狗成为我们寝最大的乐趣。这叫做山峰的狗也特别通人语，我们叫它做什么它就很听话地去做。山峰特别喜欢在寝室里玩飞盘，飞盘飞到哪里山峰就会咬到哪里。不幸的是，一次占山将飞盘飞到了阿星的私处，结果狗飞奔过去，本来是要咬住飞盘的，但狗这次出现了偏差咬到了阿星的那里。只听阿星嗷的一声，然后我们就拼命地拽狗尾巴，终于将阿星的命根子从狗嘴里救了出来。从阿星痛苦的表情看来，伤得不轻啊。幸好那天阿星穿的是牛仔裤，否则后果不堪设想。

狗的到来也给我带来了不少耻辱。因为我们同样都叫山峰，所以每次大家骂狗的时候，我就觉得是在骂我。当然，真的骂我的时候我还以为是在骂狗呢。嗯？这话怎么听着这么别扭啊……

阿牛在寝室里大声地喝道："山峰！这兔崽子又拉稀了，阿星，你快过来收拾一下。"

只见阿星拿着一木棍向小狗走了过去："山峰，我叫你随地大小便，叫你拉稀，我抽死你！"

555……他们又在占我的便宜了。木棍打在小狗的身上，却痛在我心上。渐渐地，我已经把那破狗与我的荣辱摆在一起了。

又过了一段时间，陈洁也得知了我们寝养狗的消息，并追问狗叫什么名字。当我说狗也叫山峰的时候，她都笑哭了，真夸张。阿星为了对陈洁献殷勤，把山峰送给了她。起初阿牛和占山非常反对，但毕竟狗是阿星捡回来的，再说这关系到阿星的终身幸福，他们也没有再说什么。

阿星将狗交到陈洁手上，说："陈洁，山峰你随便打，不要给‘他’面子。”

陈洁却说：“我怎么会打山峰呢？今天我还要搂着它睡觉呢。”

陈洁的这句话令阿星后悔不已，早知道让狗叫樊星好了。

晚上，陈洁给我发短信说她在给山峰洗澡，一会儿还要抱着山峰一起睡觉。陈洁的话令我浮想联翩……唉！想着想着，我不禁伤感了起来。妈的！狗都比我强，555555……

第二天，早早地我接到了陈洁打来的电话，说山峰昨天晚上尿床了。让我赔她一条新褥单。这个世界还有没有天理了？是山峰尿的又不是我。怎么能把狗做过的事强认为是我做的事呢？狗昨天晚上和你睡的觉，难道能说我和你……

陈洁说：“不管，谁让你也叫山峰来着，你就得赔，要不就给我讲发生在你身上的故事。”

晕！又讲，那还不如赔呢。这时，我看见正在熟睡的阿星，眼前一亮。对着电话那端的陈洁说道：“这样吧，陈洁，我帮你把它洗干净，保准和新的一模一样。”

“嗯！那好吧……”

我起床把陈洁的褥单取了回来。此刻，阿星也已经从梦中醒来了。我拿着褥单对阿星说道：“阿星！你看这是什么？”

阿星说：“一个破褥单子呗。”

我说：“这可不是破褥单子。”

阿星问：“那是？”

我说：“是很破的破褥单子。”

阿星骂道：“有病！”

我说：“我的意思是说这是陈洁的褥单。”

此话一出，阿星一下子就从床上蹿了起来：“刘山峰，你这个恋物狂。你连陈洁的褥单你也敢偷，太过分了。来！给我看看。”阿星边说边把褥单抢了过去，如获至宝地捧在手里，他说道，“这就是陈洁的褥单啊！这就是每天都能和陈洁零距离接触的褥单啊！我要是这个褥单该多好啊。”说完，阿星把鼻子凑了上去，陶醉地闻着。

阿星边闻边说：“不对呀，这个褥单怎么有一股怪骚味?”

此刻，我已经笑得不行了，我说：“废话！能不骚吗？昨晚山峰尿到这个单子上了。”

阿星一听，忙把褥单扔到一边：“啊！呸呸！真他妈恶心。我说怎么有股难闻的气味呢，原来是山峰这小兔崽子弄的味儿。”

怎么听这话都是在骂我，不过我忍了，一会儿阿星还得求我呢。我把褥单捡起来说道：“陈洁说让我帮忙把它洗干净，我这就去洗。”

“喂！刘山峰，让我去洗吧。我很会洗衣服的，你看咱这手，天生就是洗衣服的料。”说着，阿星就上来抢。

“不行！这是陈洁让我洗的，你怎么能说洗就洗呢?”我又抢了回去。

“这种粗活就让我们这种粗人做好了，求求你了。”阿星还是把褥单抢走了。

这是我第一次看阿星洗衣服，虽然笨手笨脚的，却非常的认真。褥单被阿星洗了五遍，用了半袋儿洗衣粉。阿星骄傲地说：“以后陈洁的衣物就都包在我身上了。”

以后？我心想，会有以后吗?

褥单晾干了，阿星又在褥单上洒满了香水，整齐地叠好，放到一个漂亮的塑料拎兜里，走向了陈洁的寝室楼。

我感叹道，难道这就是来自爱情的力量?

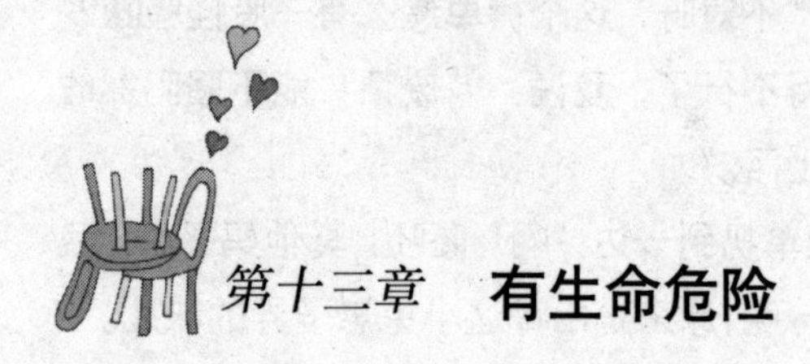

第十三章　有生命危险

很快，十一月到来了。

对于我们来说这只是十二个月份中的普通一个月，而对于占山来说却意味着距离考研的日子只剩下不过百天的时间了。就像长跑运动员即将到达终点时的冲刺一样，占山把所有的精力都放到了学习上，每天早早地离开寝室，寝室锁门时才回来。很少再看见他脸上那傻乎乎的笑容了，而且他的身体也越来越差，犯胃病的频率也越来越高。我们哥儿几个劝了占山好多次，这样学下去身体会出问题的，但是占山却说五千米的比赛他已经跑了四千九百米，他拼了命也要把这一百米跑下来，并且还得跑在前面。

我实在无法理解，这学历真的就那么重要吗？这只不过是中国应试教育体制浇灌下的不良果实，花费整整一年甚至更多的时间就为够这随时都会腐烂掉的果子，值得吗？是不是有点浪费生命浪费青春了？然而，就这样还有很多人没有摘到，空手而归。

我愿他成功！

下午，我在电脑市场溜达。突然，手机响了起来，是阿星打来的。电话里阿星着急地说：“山峰！占山在自习室里晕过去了，你赶快回来一趟。”

我说：“好的，我马上打车回去。”我匆忙跑出电脑市场，打了一辆车返回学校。这时才发现，原来刚才买了两张游戏碟还没有给钱呢，顾不上这些了，出租车不一会儿就开到了学校。我刚要往学校里跑就被司机师傅叫住了，哦！又忘记给钱了。我交了钱飞奔回寝室，到寝室的时候，占山正在床上躺着，脸色很难看。阿牛说下午占山在自习室里做考研题，觉得胃非常痛突然眼前一黑就晕过去了。幸好旁边有咱们班的同学，他们赶快把占山送回了寝室。

突然，占山又哇哇地吐了起来。吐完后对我们说：“我没事，大家别担心我。”说完又哇哇地吐了起来。

“我去！都这样了，还说没事。”占山这家伙本来就是个塑料体格，再加上没白天没黑夜地学习，身体不出问题才怪呢。这样的情况我们怎么会不担心？我们你一句我一嘴地劝占山去医院检查一下，打一针就没事了。而占山却拼命地摇头，死活也不去，说休息一下就没事了，本来就没什么大病一去医院花的钱可就多了，再说过一会儿还得做考研题呢。

阿星骂道：“身体是革命的本钱，本钱都没了你还考个屁研呀。”

我接着说道：“走，赶快打车去医院。”

占山还没等再说什么，哥儿几个就强拽着占山离开了寝室。

这医院里肠胃科看病的人还真多，我们居然排到了21号。

难道他们也都是考研的？阿星告诉我通常得胃病的有两种人，一种是营养不良的，例如占山；另一种是营养过盛的，例如那些腐败的××。

过了一段时间，占山做完了胃透。但胃透的结果还需等待一会儿才能出来，于是我们陪占山坐在靠墙的椅子上等着。这时走过来一位三十岁左右的男子，我赶快把座位让给了他。不是说我这人善良有道德，只是因为他太瘦了，瘦得吓人，瘦得可怜，一看就是病入膏肓的那种。

这时听见医生喊道："21号！"

我们陪同占山走了进去，大夫拿起检查结果问我们："你们是他什么人啊？"

"同学，一个寝的好哥们儿。"我们说。

大夫上下打量着占山，问道："那你家人在吗？如果在，最好让他们过来一下。"

大家越听越不对劲，占山忙问："大夫，你别吓我。有什么你就直说吧，我能挺得住。"

大夫再一次看了看片子，然后说："那我就实说了吧，从检查的结果看不太乐观，你可能得了胃癌。"

啊？胃癌？我们一听脑袋轰的一下，都傻在了那里。

占山更是吓瘫了，欲哭无泪……

大夫告诉占山这只是在片子中初步看出的结果，他建议占山先去住院，后天就是星期一，专家都上班了，他们会安排最好的专家帮占山确诊。我们也觉得这样比较好，因为在我们内心中始终无法接受这个事实，或许是这位大夫看错了也说不定啊。我们几个安慰着。

这时，大夫接着说道："22号！"

只见刚才那位竹竿大哥走了进来，捂着肚子说道：“大夫，我究竟是怎么了？你就直说了吧，我这胃疼得受不了了。”

大夫看了看片子，说道：“你没怎么呀，只是胃炎，急性的。我给你开点药，很快就好了。”

竹竿大哥一下来了精神，说道：“真的啊，只是胃炎吗？”

大夫点了点头说：“是，没错的。”

竹竿大哥哈哈地笑了，说：“太好了！我还以为这次我死定了呢。哈哈哈……哈哈哈……”

本来占山就已经吓坏了，听竹竿这么一说，占山更崩溃了。我们忙去安抚占山并劝他先住院再说。

这时大夫说：“21号，你想没想好？你这病得早治啊。”

占山说：“我不治了，大不了一死。”突然，占山表现出从来没有过的坚强，他居然站起来了（刚才腿软了，瘫坐在了地上）。占山转身从诊室里走出，一言不发快步向我们学校走去。我们在后面跟着，没有人敢对占山说些什么。到达学校的

时候，占山突然站住了，回头对我们说：“这研我不考了。这几年我没日没夜地学习浪费了太多的青春，我一直喜欢咱们班的赵靓，就是怕影响考研我才没有告诉她。我就快死了，我必须在死之前告诉她——我爱她！要不我死也不会瞑目。”说完，占山向公寓楼那边跑去……

占山的话听得我们心里特别难过，真的不敢想象，占山居然会得胃癌，哪怕让阿星得也行啊。（阿星：“靠！”）

天哪！为什么好人总没有好报呢？

这时，占山来到了赵靓所在的女生寝室楼下。这栋女生寝室楼特别怪，右侧那一半被男研究生宿舍占用了，左边的才是女生宿舍，中间用水泥墙隔开。只听占山站在楼下特别大声地喊道：“赵靓！赵靓！你出来，我要告诉你一个藏在我心里很久的秘密。我喜欢你，我喜欢你已经好几年了。我就要死了，但是我得告诉你，我特别特别喜欢你——赵靓！”占山显得格外的激动，已经泪流满面。这声嘶力竭的叫喊引来了众多围观的同学，大家纷纷赞扬这男生的勇气。

这时，右边的男研究生宿舍里有人探出头来骂道：“我靠！我他妈就是赵亮，你个大变态，你是哪儿的啊？谁要你喜欢！你给我滚。”

嗯？这都哪儿跟哪儿啊……

完了！屋漏又遭连夜雨，这也太巧了吧？男寝也有叫赵靓（亮）的。这次，占山彻底被误会为同性恋了，而真正的赵靓却始终没有出现。

天哪！好人没有好报也就罢了，也不至于落井下石吧！

第二天一早，阿牛就在学校的论坛首页上发现了很多和占山有关的帖子，帖子主题夸张到了极点。《某同志男在楼下大胆表白，遭骂欲自杀》、《抓拍某男子向另一男子示爱全过程，40P》、《某民工看上我校研究生，追到其楼下示爱》等等，总之每个帖子看上去都无比的劲爆。我对阿牛说千万别让占山看到这些帖子，他现在非常的脆弱，再也接受不了任何的打击。这时占山推门走了进来，估计是听到我们的话了。他说道：“什么打击会比死更让人承受不了的？死我都不怕还怕打击吗?”占山表现出无比的坚强，于是阿牛就把帖子给占山看了。占山看完帖子哈哈一笑晕了过去，看来表面的坚强永远无法抵消内心的脆弱。

占山醒过来后不住地摇头感叹，真是祸不单行福无双至啊！死之前也没有落下一个好的名声，唉……

突然，楼下有人喊道：“王占山，我是赵靓，我也喜欢你，一直都喜欢，我一直都在等你说这句话。喂！王占山……”

我们和占山马上把头探到窗外，只见楼下围了好多人，最中间的那位女生便是赵靓。其实赵靓一直都喜欢占山只是不知道占山喜不喜欢她，她总是找机会和占山一起学习，但占山始终就是不向她表白，她也不知道占山的真正想法。而昨天占山向她表白的时候碰巧她不在，晚上回来后才听室友提起此事，她特别的感动。第二天早上又看见学校论坛的帖子觉得很过意不去，特意让别人都知道她就是赵靓，让大家都知道占山昨天喊的赵靓是她而并非那个男生。这回大家都明白了，原来只是个误会而已。都是这个中性的名字惹的祸啊！

占山和赵靓终于走到了一起，大家在为他们祝福的同时更为占山的病担心了。在大家的劝说下占山同意明天（星期一）去确诊，占山说就算结果很糟糕，他都不会再颓废下去了，他要在最后的一段时间和赵靓好好相处。大家非常乐观地说，不会的，不会的，其实谁的心里都没有底。

星期一，我们陪着占山来到医院，刚刚进入医院就闻到一股药味，不禁让我们的腿发软。我们陪着占山走进诊室，昨天的医生一看我们来了，马上从座位上站起来，嬉皮笑脸地请我们坐下。大夫这反常的表现更是让我们别扭。大夫说："我有件事要解释一下，由于我们工作上的失误，把你的检查号码弄错了，22号那个结果才是你的。"

"啊？22号是我的，也就是说我没得癌症？"占山激动地问道。

大夫说："嗯！没得，绝对没得，你得的只是胃炎，急性的。"

就在这时，竹竿大哥捂着肚子踉跄地走了进来，说道："大夫，我这胃还是疼痛难忍啊，什么都吃不下去。我这胃到底是怎么了？"

大夫说道："对不起，真对不起，那天是我们工作的疏忽，21号的那个CT片子才是你的。"

竹竿大哥问："那21号是什么病啊？"

我们四人异口同声地说："胃癌！"

听完，他晕倒了！

第十四章　比我点儿背

占山起死回生啦！

这家伙又重新加入到考研的大军中去了。我们原本以为占山从此以后不会再提起考研之事，却不想占山很快就食言了。用占山的话说：如果我死了，那么我就不再考研。我死了吗？没有！于是我仍然要考研。我倒！不过还好，现在的占山已经不把考研看得那么重了，每天只学习八个小时，其余的时间都用来谈情说爱。大家总能看见他与赵靓携手于自习楼，携手于阅览室，携手于书店，携手于人工湖畔……很甜蜜的样子。像占山这样木讷的男生花前月下时一定是很有意思吧？任凭我的想象力再丰富也很难想象出会是什么样子的。我多次向占山询问这个问题，又多次被占山拒绝回答这个问题。其实我知道最近这段时间占山每晚都会趴在被窝里写情感日记，而且我还知道日记就藏在他的褥子底下，于是我很不道德地翻开了占山的日记，从中寻找着蛛丝马迹。哇！好多的蛛丝和马迹啊……

11月20日，一个白雪漫飞的日子。今天我决定送给我的靓靓一份礼物，这是我送给她的第一份礼物。我冥思苦想，终于被我想到了一件对她很有用途的礼物。我把它买回来，包了很多层报纸，在外面又包了一层很漂亮的包装纸，想象着靓靓看到礼物后惊喜的样子。时间已到了晚上，我和靓靓做完复习题后携手于学校的人工湖上。当然，人工湖水早已冻结成冰，所以有很多男女都喜欢在上面行走。这时，我从书包里拿出了我精心准备的礼物，把这件用纸包裹的礼物递给靓靓，并说："靓靓，这是我送你的第一份礼物，你猜是什么？"

靓靓看了看礼物，猜道："是我最喜欢的玩具熊？不过形状有点不像。"

我摇摇头。她又猜："看这个形状可能是相框之类吧？"

"也不是！"

靓靓迫不及待地打开了纸包，可能是她太激动了，看完礼物居然没站稳险些滑倒。

我说："真没想到你看完这份礼物会这么激动，这本最新政治考研辅导书是我跑了好几家书店才买到的。愿你考研取得好成绩。"

听完此话，靓靓滑倒了。

我抽了！笑的。看来占山这辈子注定和浪漫无缘了。

11月26日，今天的雪好大，自习室里人烟稀少。我与靓靓在互考英文单词，五百个新单词她只错了三个，真的好厉害。我发现我越来越喜欢她了。这时，我发现自习室里只剩下我和靓靓两个人了。哈哈！我的机会终于来了，为此我都忍耐很久了。

我对靓靓说：“靓靓，你看这里就我们两个啦，我有一个小小要求，行吗?”

靓靓的脸一下就红了，像刚刚摘下的西红柿一样，很美。“嗯！好吧。”她允许了，说完闭上了眼睛。

于是我就脱掉了外衣，又脱掉了毛衣，然后说道：“来吧！靓靓，我后背好痒，快帮我抓一下。”谁知靓靓一听这话居然和我急了，拿着书包跑出了自习室。

至于吗？不帮就不帮嘛，为什么要生气呢？不解啊……

唉！看来占山不光是与浪漫无缘啊！

11月27日，昨天下了两场大雪，一场下了八个小时，另一场下了十六个小时。还好，今天是个大晴天，我早早地来到靓靓她们寝室楼下等着给她赔礼道歉。昨天的事是我不对，也不知她能否原谅我的鲁莽。这时，靓靓和她的室友柳芳菲一起从寝室楼里走了出来，我走了过去和她们打招呼。靓靓一看见我就露出了往常的微笑，并问道：“占山，你怎么这么早来等我啊，多冷啊。”

“不冷！昨天我惹你生气了，所以早上特意来给你道歉。”

她说：“昨天，昨天怎么了?”

我说：“昨天都是我不好。你看，我们刚刚交往不长时间，就让你帮我那啥，是挺过分的。放心吧！以后我不会那么鲁莽啦。”

还没等靓靓做任何反应，柳芳菲就瞪了我一眼然后红着脸跑开了。她怎么了？女生怎么都这么怪？不懂啊……

唉！占山这个家伙，我怀疑他上辈子是个和尚。

11月29日，又是一个无风无雪的冬夜，我与靓靓站在人工湖旁的石板桥上数星星，一颗，两颗，三颗……很多颗……靓靓仰望天空说道：“占山，你看，今晚的星星真多啊！”

我说：“嗯！是啊。”

靓靓继续说：“在这星光璀璨的夜晚，你不想对我说点什么吗？”

我望了望天空说道：“我想说。”

靓靓问：“想说什么？”

我说：“我想说，想说，今晚的星星真多啊！”

靓靓又一次滑倒！

占山的日记真的太有意思了！此时，有人推门走了进来，并问我做什么呢，我连头都没抬地说道：“在看占山日记，你也来看看，很有意思，我都笑抽了。”说完，我抬头一看，此人正是占山。我死定啦！

占山真是个好人，他只是随便说了我几句，然后将日记拿走，就了结了此事。我要是偷看了阿星的日记，我恐怕就会死得很惨烈。不过，根本就没有这种可能性，我是说阿星根本就不可能去写日记。

占山离开寝室后，我的右眼皮就一直跳啊跳，跳得我的心乱七八糟的。我本不是一个迷信的人，但通过自身多次的验证让我对右眼跳灾的说法深信不疑。

记得刚入校的那会儿，我的右眼皮就一直跳个不停。我不知道将有什么不幸的事发生在我身上，结果就在那天我认识了阿星。

不过还好，今天是休息日，就在寝室睡上一整天好啦。我就不信睡觉也能睡出灾祸来。此时，寝室的电话响了起来，我犹豫了一下没敢接。我心想，今天我这么衰，电话要是漏电怎么办？后经我仔细分析认真取证发现此电压低于36伏，属安全电压，于是我接起了电话。

我对着电话说道：“喂？你好。”

“喂！刘山峰，你怎么才接我电话呀？”

哦！原来是陈洁。“啊！我在想我该用左手接还是用右手接。”

陈洁说：“呵呵！你别逗我了。刘山峰，你今天有时间吗？我想去买台电脑，我又不懂，你帮我选选吧。”

我为难地说：“有是有，不过……”

陈洁问：“不过什么？”

我说："不过我今天有点不舒服，要不我帮你找个更专业的人士陪你去买，保准既便宜又好用，如何?"

陈洁有些失望地说："是这样啊！好吧，那你就在寝室好好养病吧。等我回来给你带好吃的。"

我心说了，这病怎么养啊？我这是右眼皮乱跳恐惧综合征。

阿星得知我给他创造了这么一个绝好的机会，对我感激不尽甚至有些热泪盈眶。我说道："阿星，别，都是自家兄弟还说什么谢不谢的。"

阿星说："嗯！绝对的亲兄弟，不过还是要谢谢你，这可是我第一次和陈洁独处啊！"

我又说道："你太客气啦，这不都是当兄弟应该做的嘛。你可千万别请我吃饭，也千万别把饭卡给我，自己兄弟不用这么客气的。"

经过我的提醒，阿星这才把饭卡拿出来放在我手里，然后跑了出去。看来阿星还是比较慷慨的，以后要多多帮助他。从此，我的伙食质量将会有很大的改善。

时间已到下午，突然听到寝室外一阵急促的脚步声。只见阿星捂着嘴走了回来，趴在床上闷闷不乐。大家关切地问道："阿星，你怎么了?"

阿星把手拿开，说道："我没怎么。"

我惊讶道："我去！大猩猩。"不知为何，阿星的嘴肿得老高。当阿星把手从嘴边拿开的一瞬间，全寝人便笑翻了过去。

占山问："阿星，你嘴是怎么肿的？不会是撞树上了吧?"

阿星叹息着说道："唉！没办法，与陈洁接吻太激烈弄的。”

我在旁边说道：“真的假的呀？不会是你要吻人家被打的吧？”

后来，在我们的一再追问下阿星终于说出了事实，也证实我的推测是非常正确的。由于阿星在电脑市场有熟人，所以为陈洁省下了一千多元钱。陈洁说要报答阿星，阿星就趁陈洁没有防备的情况下把嘴凑了过去亲了她一下。

结果被#$%&)☆?^……太惨了！

“哈哈！活该，对你这种好色之徒就应该这样。”

阿星说他太喜欢陈洁这种性情刚烈为自己的名节敢于下狠手的女生了，她对他越暴力说明这个人越纯情，他一定要把陈洁追到手，并对灯发誓从此以后不再花心，要专一。结果灯灭了。（其实没有那么玄幻，灯是我关的。）

我想，阿星一定是发春了，否则怎么会一晚上都没完没了地吹口哨？他老吹口哨老吹口哨我就老上厕所老上厕所。“嘘！嘘！嘘……”这不，又来了，真受不了。我飞奔向厕所，尽情地挥洒着，体验着酣畅淋漓的感觉。洒水归来在一个窗户旁看到了我的同乡——小鱼，只见小鱼手里拿着望远镜在窗户旁向外看着。

我好奇地问：“咦？小鱼，你在这儿干什么呢？”

小鱼看到是我，忙把一根手指挡在嘴上发出“嘘……嘘”的声音。讨厌！小鱼也发出这种声音，受不了了，我又奔向厕所，又是一阵挥洒。再次从厕所出来时，小鱼还在那个窗户旁站着，我走了过去。

小鱼又要发出那种声音，我马上阻止道：“小鱼，我告诉你，不许再发出那种声音，否则我扁你。说！你在这儿干什么呢?"

小鱼说："对面女寝有位MM在跳健美操，我想学习一下。"

我说："是吗？在哪儿呢？快借我看看，我悟性高，我先学会了，跳给你看。"

小鱼推托道："不行！你跳得不美。"

"借我看一眼，就一眼。"小鱼不给，我强硬地把小鱼的望远镜夺了过来。我上看下看左看右看却怎么也看不到小鱼所说的春光。

我边看边问道："在哪儿呢?"

"这儿呢！"

我又问："哪儿?"

"这儿！"

我感觉有点不对劲，回头看去。啊！寝务科科长！我死了……

这次我仍旧没有逃脱右眼跳灾的宿命！我赶快向寝务科科长承认自己的错误。凭借着我那三寸不烂之舌，又递烟又点火的，终于说服了赵科长不把这件事情上报给学校。但小鱼的望远镜却被他给没收了。没收了好，谁让小鱼刚才不提醒我自己跑掉的！我以为事情就这样结束了，可是并没有。

一星期后，这位寝务科科长被学校开除了。原因是他用望远镜偷窥对面女寝。身为一名教职员工居然做出这种卑鄙无耻的事情，开除就对了。我痛斥着赵科长的这种行为。

第十五章　我错了

任何事情的发展都需要循序渐进，不能急于求成。这话我不止一次劝告过阿星，而他对这种看法却嗤之以鼻。在他的恋爱理论中就应该是星期一打招呼，星期二牵手，星期三接吻，星期四那啥，星期五那啥那啥……可这套理论对于陈洁这种性情比较刚烈的女生来说根本就不适用。阿星到目前为止还停留在星期一见面打招呼，星期二打招呼，星期三打招呼，星期四打招呼、打招呼、打招呼……而自从上次阿星陪陈洁买电脑时做出过分举动后，阿星就连和陈洁打招呼的机会都不多了，估计陈洁是在故意躲他。这小小的失误令阿星郁闷不已，他生怕陈洁误以为他是一个卑鄙无耻下流的小人。什么叫误以为？他根本就是这样的人。可我还是答应阿星到陈洁那里打探一下事情的严重性，为此阿星付出了一顿早餐和一顿晚餐的代价。

我来到话剧社所在的小剧场，陈洁和话剧社的成员们正在小剧场里排练话剧。我悄悄地走了进去，坐在台下看着他们排练。这时，台上的一位演员指着我兴奋地说道：“哇！他好像。”众人的目光纷纷向我投射过来。演员甲说：“嗯！真像，这个角色太适合他了。”演员乙接道：“是啊！这个人物简直就是为他写的。”演员丙：“哎！真是踏破铁鞋无觅处啊，社长！咱们就用他吧。”说完望了望台上手里拿着剧本的男生。哦！想起来了，他叫张宏伟，上次大家BBQ的时候就有他，还让我们给灌醉了呢。

只见这位社长同志走过来一脸严肃地说：“嗯！的确很像。这位同学，我们正在排练的这部话剧中少个角色，找了好久都没有合适的，你愿意来演吗?”

估计他是忘记和我见过了，话说得这么生。我考虑了一秒钟后说：“愿意！愿意！”嘿嘿！看来大家都发现我有表演的天赋了，我心里这个美啊！心想，这些人还是蛮有眼光的，一定是他们觉得我的外形条件好才选择用我演的。一定是这样的。

我转过头来再看陈洁她已经笑抽了。(她怎么老笑抽啊?)晕！我演话剧这么好笑吗？我问道：“陈洁，你笑什么啊你?”

陈洁强忍笑意，说道：“你还美呢，你知道他们让你演什么吗?”

我问道：“演什么?”

“演贴小广告的民工。”

啊？我倒！555……这群瞎了眼的家伙……过分啊……

我发誓，打死我我也不演这种侮辱人格的角色。当然，我的意思不是说民工侮辱人格，而是说贴小广告的。但这群家伙完全不顾及我的感受，说什么也不同意我退出。我怒了，嚷道：“你们要是再让我演，我就死给你们看。”

谁知社长说：“对！对！要的就是你这种蛮横不要命的感

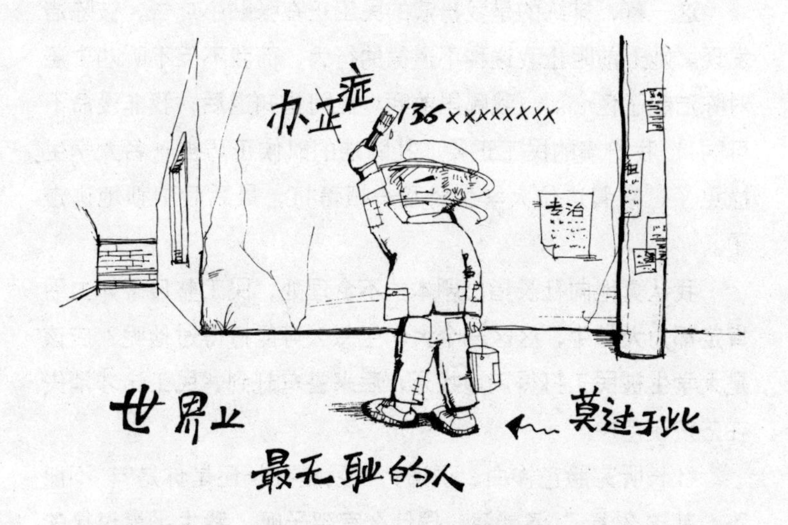

觉。化妆师，把衣服给他换上，再往脸上画些黑灰。”

化妆师从袋子里抽出了一件最破的衣服，真不知道这群人是在哪儿弄来的这套衣服，上面还有石灰油渍和补丁。

我说：“哥们儿，现在的民工好像也不穿这种衣服了吧？你们这是在哪儿弄来的啊？”

化妆师说：“是在旧货市场弄来的。”

“啊？旧货市场？”

化妆师说：“是啊，在旧货市场捡来的，旧货市场的老板嫌这件衣服太烂，扔在道边上被我们拾了回来。”

啊？55555……连旧货市场都不要的衣服这还能穿吗？此刻，我边照着镜子边默默地流泪。这大概不是在演民工，而是在演丐帮帮主吧。

“开始排练了！”社长张宏伟严肃地说道。听后，大家纷纷进入自己的角色。

这一幕，排练的是我扮演的民工正在张贴小广告，被陈洁发现。她上前阻止我这种不道德的行为，而我不但不听劝告还对陈洁起了色心。（我哪里敢啊！让阿星知道后，我非没命不可啊！）我扮演的民工正要非礼陈洁的时候正巧被一名大学生撞见了，接着这位大学生将我一顿毒打，最后我狼狈地逃走了。

我认真地向社长指出剧本的不合理处，民工整日干体力活肯定都力大如牛，区区一个大学生怎么可能打得过他呢？应该是大学生被民工打得满地找牙，后来警车赶到，民工这才消失在茫茫夜色中。

社长听完脸色惨白，说道："我是社长还是你是?！不能改，就这么演。"演就演，摆什么官架子嘛。我生平最讨厌的就是这种人了。然而直到演到那位大学生英雄救美的时候我才知道为什么不能改，妈的！原来是这小子扮演那位大学生。

三个小时后，这一幕终于排练完毕啦。而在三个小时里我一共劫了十三回色，最痛苦的是十三回都没有劫成，55555……而且还被人"毒打"了十三回。我容易吗我？哦！对了，我今天是来帮阿星打探消息的，差点把正事给忘了。我陪同陈洁一起走出小剧场，边走边聊了起来。终于聊到了阿星，我问道："对了，阿星还说呢，最近怎么看不见陈洁了，原来你是忙着排练话剧啊。"

陈洁说："是啊，这场话剧要在元旦前公演，所以比较忙。还有，你那个同学阿星真是太过分了。"

我明知故问道："过分？他怎么了?"

陈洁没好意思说明，只是说他开的玩笑很过头。看来陈洁并不是十分、非常以及特别的生气，这就好办了。陈洁又说：

“对了，刘山峰，我们寝轩轩的电脑最近中了一种很奇怪的病毒。你会杀毒吗？帮个忙吧！”

我说：“杀毒，这个我不太在行，不过我认识个杀手（杀毒高手），什么病毒到他手里都是小菜。”

陈洁问：“这么厉害，谁啊？”

我答：“阿星啊，他对电脑病毒有很深的研究，有一首歌叫《洗杀杀》的就是为他唱的。”

陈洁说：“哈哈……你净逗我，哪有这首歌啊。那你帮我把阿星请来呗。”

我说：“好的，我回寝去叫他。”说完我急忙跑回寝室向阿星报告这个好消息。阿星一听到这个消息马上就火了：“刘山峰，你这是在帮我还是在害我？一种很奇怪的病毒？如果能杀掉自然是好，如果杀不掉我岂不是很没面子？在陈洁面前的完美形象必将大打折扣。”

我说：“完美形象？得了吧，要不是我差点跪下来求陈洁，她才不会原谅你呢。”

阿星说：“真的啊？真是太谢谢你了山峰。虽然我不太相信你说的话，但还是要谢谢你。”

靠！阿星居然变聪明了。我说：“给！这是最新的杀毒软件，我从隔壁寝室借来的。杀这种病毒简直就是小菜。这下你信了吧？”

阿星说：“刘山峰，你果然够朋友。不过这碟好像是刻的啊，没有正版的吗？”

我说：“还想要正版的，正版的多贵啊，这个一样好用的。”

阿星说：“那好吧，我现在就去找陈洁，回来再请你撮一顿。”

“呵呵！好的。阿星，祝你马到成功！”我说道。

阿星向我抱了抱拳，然后跑了出去……

一炷香后，阿星猛地推开寝室门走了进来，脸色煞白，张嘴就骂：“刘山峰，我他妈抽死你。”

看没看见？早说不能帮阿星吧，这小子一向恩将仇报。这才多长时间啊，就把我对他的帮助给忘了。

阿星接着说：“刘山峰，你是不是想玩死我你才甘心啊？”

我纳闷地问：“我玩你？这是从何说起啊？”

阿星说：“你看你给我拿的是什么碟！”说完把碟扔到我面前。

我问：“什么碟？不就是个杀毒软件吗？”

阿星说：“是啊！开始我也以为是杀毒软件，当我把碟放进陈洁的电脑里一看我就傻了——A片！”

我说：“阿星，你要是想揍我你就直说，为什么要找这种借口呢？”

阿星说：“我找借口？不信你放一下看看。当时陈洁和她的室友们都看呆住了，紧接着就把我踢了出来。55555555……我他妈抽死你我。”

我赶忙说：“阿星，别！阿星，这里面一定有误会，阿星，别……”

阿星说：“以前陈洁只说我花心，现在她不说我花心了，说我是色魔，我不抽你不解我心头之恨啊！”

这时阿牛走了进来，看都没看我们蒙头就睡。也难怪，这几天他一直泡在网吧里。我忙去推阿牛：“阿牛！阿牛！快帮兄弟一把，我平时对你可不薄啊。”可是阿牛却丝毫没有反应，难道是睡死了?

我对阿星说道:“阿星,你看看阿牛啊,他是不是死了?这么叫他,他怎么一点反应都没有?”

阿星说:“刘山峰,少给我整这一套,阿牛这是包宿后的正常反应。而一会儿我也让你怎么叫都不醒。”说完,阿星虎视眈眈地向我走了过来。

就在这千钧一发之时,一个男生闯了进来——是占山,太好了,我有救了:“占山!占山!阿星要抽我,你快帮兄弟挡一下。”占山一脸疑惑地问阿星为什么他要抽我。阿星强压怒火将事情的缘由讲了一遍。越说越生气,越生气越说,说完又举起了拳头。

于是我又喊道:“占山!占山!”占山一听我的呼喊,马上抱住了阿星,劝道:“阿星,大家都是一个寝的,你可不能打山峰啊。千万别用门后的拖把杆抽他呀,那东西打人可疼啊。”

于是阿星推开了占山抄起了拖把杆向我走了过来……

一阵翻天覆地翻云覆雨之后,一切都平静了。后经过我的调查原来是隔壁寝室的一个家伙把碟放错了。我说我是清白的吧!

第十六章　我错了，我又错了

罪过啊！罪过！上次的事情的确只是个意外，而这个意外却把阿星给害惨了。陈洁告诉我，她这辈子都不想再看到阿星这个家伙了，真没想到他会是这样一个人，算我看错人啦。嗯！阿星是这样的人我是早就想到的，可是阿星在陈洁面前如此出糗却是我万万没有想到的。我正要为阿星澄清，就被陈洁的话给堵了回来。陈洁说如果我再提阿星这个人就连我也不想看到了。也是，你想啊，有哪个女生愿意和一色魔成为朋友？更别说是既花心又色魔的人了。陈洁现在正在气头上，还是过段时间再向她解释吧，免得她一动怒连解释的机会都没了。

时间指向下午，我陪同阿星到校外的浴池去洗澡。阿星说最近有些倒霉，今天一定要好好洗洗，把这一身的晦气全给洗掉。呵！阿星还挺迷信的。嗯，人们经常说的“冲喜”是不是就是这个意思呢？

我们洗啊洗，洗啊洗，洗啊洗……别想了，我们洗完了。洗完后刚刚走出浴池，阿星就说自己口渴了，让我请客喝汽水。我为人大方是出了名的，小意思！我对阿星说：“阿星，你在这里等着，我去给你买。”说完，我迈着四方步走进了一家小卖部。

我大义凛然地问：“老板！有汽水吗？”

老板说：“当然！有：雪碧百事美年达，激活七喜娃哈哈，红牛醒目冰红茶，农夫果园和芬达，和——芬——达！请问你要哪种？”这么押韵？这老板原来是说快板的吧?!

我又问：“老板，有没有再便宜一点的那种？”

老板轻蔑地看了我一眼，然后不屑地说：“有五毛的、七毛的、一元的。”

我爽快地递给老板一元钱，老板递给我一瓶汽水。

我忙说：“不！我不要这个，给我来俩五毛的。”

再看老板，险些气倒。

嘿嘿！看样子阿星是渴坏了，他拿起一瓶汽水咕咚咕咚地喝了起来，我那瓶汽水还没怎么喝也被他抢去了。阿星真是贪心啊！

喝完，我们走啊走，走啊走，走啊走……突然阿星说他肚子剧痛！（难道这汽水有问题？看来五毛的汽水就是靠不住啊！）阿星说他得找个地方方便一下。可这附近根本就没有厕所啊！

我说道：“阿星，你再忍忍吧，回学校就可以上厕所了。”

阿星跺着脚，表情艰难地说：“憋死啦！我忍不住了，快帮我想想办法，要出来了。”看到阿星如此怪异的动作我真的很想笑，可是我怕我还没笑完阿星就……

正在这千钧一发一发千钧之时我灵机一动，指着那边的卡车说道：“阿星，那边有辆大卡车，旁边还有一些杂草。就去那里吧！应该没有人会发现你的。”说完，我一回头阿星已经不在了，又一转头他已经跑到那里蹲了下去。我终于明白了，什么叫迅雷不及掩耳。然而我们都忘了方便时一个重要的组成部分，那就是纸。阿星问我：“纸！你有没有纸?”

唉！当阿星马上就要L出来的时候，最大的理想是能找个隐蔽的地方蹲下来；当阿星蹲下来以后，最大的理想就是找张手纸。所以说阿星就是贪心，这山望着那山高。

阿星骂道：“妈的，这还叫贪心，别废话了，快去给我找手纸。”

我环顾了一下四周，连个超市都没有，叫我到哪里去买纸呀？就在这时我听见一种声音，是什么呢？是……不好！是卡车发动的声音。三秒钟之后，阿星跟前的大卡车消失了。阿星当时就傻了，他整个人和整个私密之处全暴露在大家的面前。太夸张了吧，见过随地大小便的，可是没见过这么随地大小便的啊。

卡车刚刚开走，这条街就热闹起来。也许是一直都很热闹，而这一刻人们显得格外的多。路过的人纷纷向阿星投来惊讶异样轻蔑憎恨的目光。

路人甲：“这个人好强啊！居然在光天化日之下……在大街上……”

路人乙：“这个世界上什么人都有，变态！”

路人丙对路人丁说：“这个人我认识，是咱们学校的，他怎么这样啊！”

路人丁：“哎！要是带数码相机来就好了，把他偷拍下来传到猫扑上，哈哈！绝对的热门帖子。”

一听到偷拍二字，阿星的第一反应就是马上用手把脸遮住。（业务挺熟练啊！）这个场面我似乎在电视上见过（警察扫黄的时候）。

我说道：“阿星，你屁股挺白呀！嘻嘻嘻嘻……”

阿星恶狠狠地瞪了我一眼，杀气十足。就在这时，对！正是这个时候，又走过来两个路人，手里拿着洗浴用的物品，满脸通红地从我们身边走过去了。脚步越走越快，越快越走。我们一下反应过来，啊！是陈洁和轩轩。阿星险些晕死过去，他在陈洁面前终于万劫不复了。如果不是阿星现在不方便起来，他非要了我的命不可。我说道：“阿星，你先忙着，我去那边给你买手纸，哈哈哈哈哈哈……”

我走啊走……走啊走……走啊走，突然前面出现一群学生拿着棒子向我冲了过来。其中一位带头的喊道：“就是他！给我打。”

完啦，死定了……“噼里啪啦！”“啊！”“咣咣！”“哎呀！”我旁边一男生被这群人给打倒了。我长吸了一口气的同

时，想到了我的爷爷。我的爷爷是一名老公安，N年以前还参加过抗美援朝的战争，立过大大小小的二十几次功，获得过十多枚勋章。先来说这第一枚勋章吧，那是……（被打的同学：兄弟，等你把那十几枚勋章都说完我都死好几回了。我：好的，好的，好的……）如果我爷爷他老人家看到这种情况一定会冲上去制止的。想到这里我全身充满了力量，跑到一边拨打了110的电话："喂，是爷爷吗？啊不对！是公安吗？这里有人在打群架。当然，我的意思是一群人在打一个。你们快来吧！要不就出人命了。"挂断电话，我赶快离开了这个是非之地。

继续走啊走……走啊走……走啊走……只听后面有人叫我："喂！刘山峰。"

我忙回头望去，哦！是我的同乡小鱼。"哈哈，很巧哦，小鱼。在这里碰见你。"

小鱼说："是呀！挺巧的。对了，刘山峰，你什么时候把望远镜赔给我啊？"

我一听这话马上火了，愤怒地说："你还好意思说，你上次为什么不提醒我？我差点被你害死。当然，最后被你害死的是寝务科科长。"

小鱼说："是啊！害得他被学校开除了，罪过啊！对了，你们寝阿星上次向我借的游戏碟还没还给我呢，你帮我转告他一声，让他赶快还给我。"

"阿星……阿星？"完了，我给忘了，阿星还在那儿蹲着呢！我一看表，我去！都过去二十分钟了，"小鱼，我现在有急事，要先走了，回头见。"我找到一家超市，买了一包手纸向阿星的方向狂奔着。

完了！完了！我担心的事情还是发生了！我到的时候，阿星已经不在了。难道他被综合治理给抓走了，说他污染环境？或是直接站起来冲回寝室捉拿我去了？再或是没脸见人去跳松花江了？我不敢再往下想，还是先回寝室吧。

到达寝室门口，我深吸了一口气走了进去。此刻的阿星正坐在电脑前悠闲地上着网。我当做没事儿人一样，说道："嗨！哥儿几个都在呀？"

阿星一看我回来了一下就蹦了起来："刘山峰，我他妈抽死你。"说着摩拳擦掌向我走了过来。

我忙说："阿星！别！都是我的错。阿星，君子动口不动手，你要以德服人啊。"阿星丝毫没有理会我在说些什么，眼睛冒着凶光，已经准备动手了。而此刻的阿牛和占山还是稳稳地坐在那里下象棋，丝毫没有帮我的意思。估计在我回来前他们就已被阿星买通了。看来挨扁是在所难免的啦，我只好无奈地说："阿星！既然是我害了你，那你就打吧！不过你得轻点，千万别再拿拖把杆抽我了，那东西打人可疼啦。"

阿星本来没想用拖把杆打的，一听这话便拿起了拖把杆，向我这边冲了过来……

一阵翻天覆地翻云覆雨之后，一切都平静了。

我问道："阿星，我问个问题你别生气，在没有纸的情况下你最后是怎么解决的呢？"

阿星愤怒地看着我说："你还说！找抽啊！"

这时阿牛指了指阿星的脚，我发现阿星左脚的袜子不见了。

第十七章　心瓦凉瓦凉的

天气越来越凉了，却远不及阿星的心凉。他这心啊！是瓦凉瓦凉的。嗯！阿星的心能不凉吗？这一次又一次的误会让阿星在陈洁心目中的形象直线下降。阿星起初给陈洁留下的印象只是一个比较花心的男生，而后的一次失误让阿星背负上了色魔的恶名。这次的随地大小便事件又很不巧地被陈洁碰见，这让陈洁对他又有了新的认识。他在陈洁眼中终于成了一名道德沦丧品质恶劣气急败坏的花心色魔。唉！这下阿星终于万劫不复了。也好，阿星从此不用再考虑怎样追求陈洁的问题啦。

这些天来，阿星在寝室里沉默寡言，只是不住地抽烟喝酒，然后再喝酒抽烟。他单纯地以为这些方法可以排解心中的郁闷，却不想举杯浇愁愁更愁。其实把阿星弄成这样我是很内疚的，这些事横看竖看我都无法脱离干系，我理应在陈洁面前帮阿星解释一下的，可是我如何开口呢？我总不能说，是我把光碟弄错了，那碟是我平时消遣时用的；或者说，阿星本来在路上走得好好的，是我逼他蹲在那里然后是我把卡车开走的

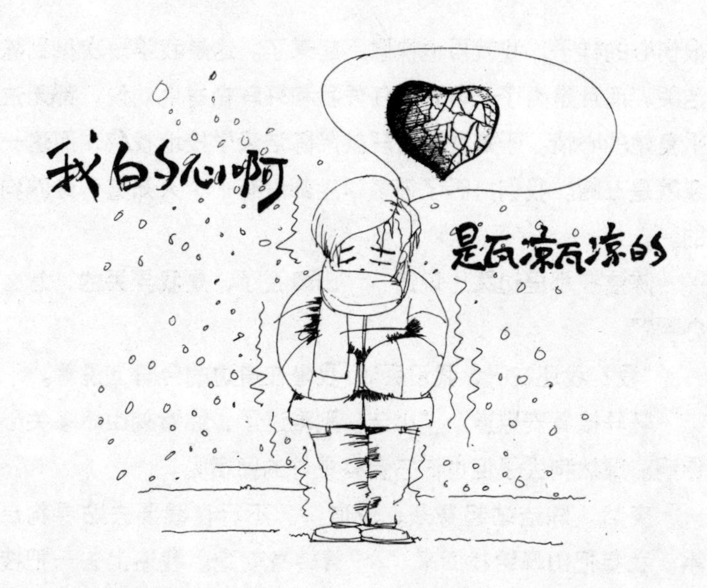

吧？这么说鬼都不会信的，唉……我无能为力地叹息着。

最近的我也挺闹心的，学校颁布了一系列新的规定，其中关于补考和重修的问题也作了更严格的要求。凡补考后仍不及格的科目必须重修，而且重修费每科高达五百元。完了，在我十三门补考的科目中，还有五科没有通过呢，这无形中又多了两千五百元的外债，看来下学期又得和泡面混在一起了。这还没有完，重修如果再不通过将无法领到毕业证书。说什么来着？必须得痛改前非了。我在桌子上随便找了一本书随便地看了起来。

这时，我突然接到轩轩打来的电话，说是山峰跑丢了，叫我马上去一趟。我立即穿上鞋子走出了寝室。其实刚刚听到这个“噩耗”时我反而有一丝高兴，因为从此以后就没有人再“山峰！山峰！”地叫那条破狗了，也没有人把那条破狗所做的事情强安在我的头上了。哦，多好啊！可是当我看到陈洁哭得很伤心的样子，我就再也快慰不起来了。这是我第一次见到陈洁哭，而且是为了一条狗。任凭我和轩轩轮番地劝说，都无法平复她的心情。于是我和轩轩就陪陈洁满学校地找狗，而这一绕就是五圈。我们打听了很多学生却没有一个人知道有谁养狗的。

陈洁在那里边哭边说道："山峰丢了，是我弄丢的，怎么办啊?"

"我？我还在呀，我没丢。"我坐在道边的台阶上说着。

轩轩接着安慰道："小洁，别难过了，你看刘山峰多关心你啊。虽然狗丢了但也许它会有更好的归宿呢。"

突然，陈洁站起身来，说道："不行，我要去贴寻狗启事。我要把山峰给找回来。"说着转身就跑。我追上去一把拽住了她："陈洁，狗已经丢了，肯定找不回来了。但我这个山峰还在啊，大家也都在关心着你。大不了我当你的山峰，除了不能让你给我洗澡和不能让你抱着我睡觉之外其余的都行。"

陈洁被我的话逗乐了，伸出小手指和我拉了拉钩，说道："这是你说的啊，要说话算数。"

我坚定地说："对！是我说的。"

此刻的陈洁终于破涕为笑了。可轩轩却看傻了："你们这是……"

时间已过多时，地点也变成了步行街。我被这两个女人强行拽去了步行街，陪同她们闲逛了起来。对于我来说逛街绝对是一件备受煎熬的事情，而这二位更是采取了地毯式逛街法，街上大大小小商铺无一幸免。我发现女人逛街的最大目的不是为了买东西，而是看东西。

这时，我们走到一家珠宝商店的橱窗前，轩轩停住了脚步，向里面观望着，突然她猛冲进店中。啊？不能吧，难道轩轩要去抢劫？我和陈洁迟疑了一下才进入珠宝店，我们一进去就发现轩轩和一个老女人厮打在一起，旁边有个男的正在拉架，但很明显他是在偏袒那个老女人。我们赶快把老女人推开把轩轩拉回来。此刻的轩轩已经泣不成声了，嘴里不住地骂着。

只听那个男的指着轩轩说："你给我滚！我永远都不想再看见你。"

紧接着轩轩就哭着跑出了珠宝店，我们出门去看她已经消失不见了。陈洁看着我，问道："这都是什么跟什么啊？"

晚上，陈洁给我发来短信解释了此前的事情。原来白天珠宝店里的男人是轩轩的男朋友，而当轩轩看橱窗里的珠宝时正巧看见了她男朋友和一个老女人在珠宝店里买东西，两人看起来十分亲密暧昧。（禽兽啊……）轩轩疯了一样冲了进去质问她男朋友和那老女人是怎么回事，问他不是最近在忙着做生意吗？和那老女人做的是什么生意？谁知那个老女人不慌不忙地说："对！我们的确是在做生意。只不过他是卖的，而我是买的。"轩轩一听这话简直就气炸了，于是她就和那个老女人厮打起来，没想到轩轩的男朋友居然上来帮那个老女人。（相当的禽兽……）

唉……早就说过的——帅哥靠不住！

陈洁又给我发来短信，叫我去安慰轩轩一下。好吧！我去。没办法，谁叫咱口才好呢。失恋的人这个时候最需要的就是一位有幽默感的异性朋友来安慰她。说着，我已经来到了女寝楼下。此时，陈洁已在门口等我，陈洁见我来了从书包里拿出一顶红帽子，给我戴上，并告诉我不许说话。就这样，我装扮成小红帽在大灰狼的眼皮底下溜进了女寝。

进入女寝后陈洁便开始叮嘱我，千万别在轩轩面前提“刘”字，谐音也不行。一提这个字轩轩就伤心，就会哭。

“OK！OKOK！OKOKOK……”

我来到了她们寝室。陈洁一进屋便对轩轩说：“轩轩！刘山峰来看你了。”

“刘”山峰！5555555，轩轩一听这个“刘”字就哭了起来。

我心想，哎呀，还挺准！陈洁一下反应过来自己说了不该说的字，忙捂住了嘴。

轩轩边哭边说道：“那个姓刘的不是个东西，是个卑鄙的小人。”

嗯？郁闷啊……哪个姓刘的啊？别忘了我也姓刘，我们姓刘的招谁惹谁啦？

轩轩接着说：“那个姓刘的告诉我最近要去外地做点生意，得过几个月才能回来。哪知道他却和那个老女人……55555555……”

我听后很气愤地说：“这个骗子。轩轩，这样的人不值得你为他伤心的。”

陈洁接着说：“是呀！轩轩这回你就看清那个人的真面目了。”

我说：“你长得那么漂亮，一定会找到一个真心对你的好男生的。”

轩轩擦了擦眼泪，说道：“这个世界上有好男生吗？”

“当然！”陈洁抢先回答道。

我接道：“嗯！这个世界上什么样的人都有，有不好的自然也有好的。如果你为个好男生哭也就罢了，为那种男生难过多不值得。”

轩轩说：“可是他前前后后在我这儿拿走了七八千元钱，没想到他竟然是个骗子，我的钱啊！”

我又安慰道：“轩轩，钱没有了咱们可以向家里要也可以去赚。幸亏他只骗了你的钱，要是把色也骗走了那才值得难过呢！”

轩轩一听这话又哭了：“呜呜呜……可是在他没骗我的钱之前，他就把色骗走了。呜呜呜……”

我倒！那就当我没有说过……

陈洁接着说道：“轩轩，没关系的，留得青山在，不怕没柴烧啊！”

“留”得青山在！555555……陈洁无意中又说了不该说的字，轩轩哭得更厉害了。

看来我们都不擅长安慰别人。

第十八章 爱情如水

问世间情为何物，直教人生死相许！

我单纯地以为轩轩会为那个姓刘的痛苦很久，没想到，真是没想到，三天后我就从陈洁那里得知了轩轩有新男朋友的消息。三天！忘记一个人仅仅只需要三天的时间吗？这也忒快了点吧，起码也得一个礼拜啊。唉！真是爱情如水啊。

和轩轩形成鲜明对比的正是大家熟知的花心色魔阿星，他得知山峰丢失的消息后就一直惴惴不安，我为阿星如此有爱心的举动而赞叹。而阿星却骂道："爱心个屁！我是为陈洁而担心。狗丢了她一定很难过，我得帮她赶快找到。"的确，自从狗丢的第二天阿星便开始满学校地寻找，逢人便打听狗的下落。特别是他身边的这几个朋友，每天都得被问上几回。弄得大家谈狗色变，看见阿星就像看见恶狗一样躲得远远的。阿星找狗的足迹遍布我们东方ＸＸ大学的每一寸土地。例如垃圾堆、废弃的仓库等，经常弄得灰头土脸的。更惨的是有几次被人误以为他是捡垃圾的老大爷。

我劝告阿星别再徒劳了。狗这种动物在学校里比人珍贵多了，谁捡到不像捡到宝贝似的把它藏起来啊？你想想你当年是怎么把狗弄到手的。

阿星说："对啊！肯定是捡到狗的人把它藏在寝室里了。明天是休息日，我得挨个寝室找一圈。"

第二天，也就是周六，我赖在床上不愿起来。寝室里只剩下我一人，那几位老兄都去忙自己的事情了。阿牛从昨晚就一直没有回来，此刻的他仍旧奋战在虚拟世界的厮杀中。占山肯定是和赵靓一起去上早自习了，有了爱情滋润的他学习劲头更足了。至于阿星，很有可能是去搜查寝室了，他现在为了狗可是什么都做得出来的。

这时，寝室的电话响了起来，我没有去接，而是躺在床上伸着懒腰。突然，电话不响了改为手机响，我一看是轩轩打来的。

我接起了电话："喂，轩轩。"

轩轩说："喂，刘山峰，早啊！"

"早！真早！"我边打着哈欠边说道。

轩轩问："你今天有时间吗？"

我说："有啊！做什么？找我有事啊？"

轩轩说："没大事，就是想找你逛逛街啊。"

"啊？逛街，又是逛街！"

轩轩说："今天不光是逛街，我还要给你和陈洁引见一个人。"

我问道："人？什么人？"

轩轩说："别啰唆了，快起床吧，到时候你就知道了。"

"哦！好吧。"我迅速穿上衣服，冲出了寝室。

我们三人逛了一会儿街后在一家西餐厅坐了下来，这个时候轩轩的男朋友还没有到。我们三人点了咖啡边喝边聊了起来。

轩轩说："刘山峰，谢谢那天你对我的开导。"

我说："客气了，举嘴之劳嘛。"

轩轩接着说："虽然你的开导一点作用都没有，但还是要感谢你。"

这话怎么听怎么像损我。我反唇相讥："不用谢！其实像你这样的女生还用开导吗？"

轩轩说："刘山峰，我怎么听你这不像是好话呢？"

我说："嘿嘿！什么不像？本来就不是好话嘛。"

轩轩说："刘山峰，你又糗我。哼！惩罚你给我和陈洁讲个笑话，好想听你的笑话啊。"

陈洁一听忙说："对啊！刘山峰，给我们讲一个吧，最好是你小时候的事情，太好笑了。"

又讲？真受不了她们。千万不能再给她们讲自己的事了，我最近可没少被她们嘲笑啊。我想了想脑中一亮，说道："好吧，就给你们讲一个。"

"太好啦！太好啦！"

"今天我不给你们讲我的故事了，给你们讲个荤笑话，嘿嘿！"

陈洁一听便说："啊？荤笑话？这……这不太好吧？"

轩轩说："好啊好啊！快些讲吧。"

我说："说实话，这笑话实在是太荤了，我都不好意思讲给你们听啦。"

陈洁又说："那你还讲，别讲了。"

轩轩阻止道：“这有什么啊，讲吧，我听听到底有多荤。”

我说：“这样吧，我说到太荤的地方就用‘跳过’二字代替。”

“嗯！好吧。”

我说：“那我可说啦。跳过……跳过……跳过……跳过……跳过……”

她俩倒……

几秒钟以后……

大家尴尬，然后发出三种恐怖的笑声。

我问：“对了，轩轩！你男朋友是做什么的？你们又是怎么认识的呢？”

轩轩骄傲地说：“他是一家外企的高级职员。那天我去做美容，他也去做，我们就这样认识了。”

“我去！去！男人也做美容啊？太变态了吧？”我大惊小怪道。

轩轩说：“刘山峰，要说你活得太简单了吧，你还不信。男人做美容怎么了？这年头还有男人当幼师当保姆当奶妈的呢！”

我说：“啊？轩轩，你也太不简单了吧？你能给我解释一下男人如何当奶妈吗？”

这时，轩轩的男朋友从外面走了进来。轩轩说道：“你看！我家的奶妈来了。”

我们仨狂笑……

“大家好！不好意思，工作上有点事要我去处理，所以来晚了。”眼前这位斯斯文文的男人正是轩轩的男朋友。

轩轩忙给我们介绍：“这位是我男朋友吕志宏，这位是我

们寝的姐妹陈洁，这位是她男朋友刘山峰。”

“喂！别瞎说行不?”我呵斥道。

这俩女生一听又笑，真拿她们没辙。

我打量了一下轩轩的男朋友，他大概三十岁左右的年纪，一米八几的身高，一身西装革履，戴着金边眼镜，典型的事业型男人，说话也很正统，就连笑容都像是设计好的。他时常会展示一下自己的幽默感，却把我和陈洁给冷坏了。这么冷的笑话我一辈子都没听过。

和吕志宏聊天也是一件相当痛苦的事情。在他嘴里的股票、金钱、人际关系，到了我嘴里就变成了请假条、Q币和寝室兄弟。我觉得我们之间根本就无任何共同语言，就像是一个中国人和一个外国人在谈话一样，我听不懂他，他更听不懂我。他没话找话地问我喜欢什么运动项目，当我提起打台球、打电脑游戏、弹玻璃球的时候，他便不再作声。我知道，他这种人只喜欢什么高尔夫、保龄球、网球之类的。

为了让吕志宏看起来年轻一些亲切一些我给他起了个小名叫小红。小红太斯文太正经了，这让我觉得和这种人在一起吃饭很不自在。难道是因为我太不斯文太不正经了吗?

小红得知我读大四，便开始讲他当年找工作时的艰辛，然后又帮我对今天严峻的就业形势进行了分析，分析完之后我便开始郁闷，记得他说的最令我郁闷的话就是，如果你没什么真才实学，再没有些这样那样的证书想找到工作难度很大。说完便问我学习如何…… (5555……心碎中……)

我告诉他我就是他说的那种没有真才实学且没有拿过任何证书的人。

听罢，小红倒!

然后他解释道，其实也没什么的，他有个朋友当年在学校学习也非常不好，人家后来写小说，结果一下子就发财了。(冰鱼：嘿嘿！在说我吗?)

小红的解释令我更加郁闷，因为我觉得他的话还是有道理的。我突然为我的将来担心了。或许小玲的离开是对的，像我这样找工作都很难的人是无法给她幸福的。而我会幸福吗?

痛苦的时刻终于过去了。吃完饭后，小红与轩轩去看车展了，我与陈洁返回学校。返回学校的途中我一直闷闷不乐，陈洁说：“那个吕志宏太过分了，话说得真难听。你肯定会找到工作的，我相信你。”她还说她不喜欢这个人，觉得他太做作，毫无幽默感可言。

而当我告诉陈洁我给吕志宏起了一个小名叫小红时，她笑疯了……

我和陈洁刚走进校园陈洁的手机就响了。哦，是阿星打来的。陈洁拒接电话，然后对我说阿星最近总给她打电话，但她从来就不接。在她的想法中是不会和这种人做朋友的。我刚要告诉陈洁，最近阿星一直在帮她找狗，想告诉她看到的只是些误会而已，并非是真实的阿星。刚在脑子里酝酿完还没等开口，我的手机就响了，还是阿星。

我接起了电话："喂……"

阿星在电话那端激动地说："喂！山峰，狗，狗，狗找到了。"

"啊？真的啊？狗找到了！"我对陈洁说狗找到了，陈洁一听说山峰找到了，也忘了自己说过再也不理阿星的话，马上接过电话："喂！阿星，狗真的找到了是吗？"

阿星说："嗯！是在一个女生寝室里找到的，你快来一趟吧，我把狗交给你。"

陈洁说："啊！好的，我马上就到，真是太谢谢你了。"陈洁挂断电话，看着我说，"太好了，狗找到了。走！陪我去看看。"说完，我们走向阿星所在的地方，陈洁边走边自言自语，"我找了很久都没有找到，阿星这家伙是怎么找到的呢？"

我心想，因为阿星找了更久。

事情是这样的，阿星在找遍所有狗能容身的地方后，得出了如下结论：

一、狗肯定没有死，因为没发现尸体。

二、狗肯定是被某学生在寝室收养了，因为除寝室外的所有地方他都找了N遍。

于是阿星就开始对学校的十四栋寝室楼展开地毯式搜索。最终，功夫不负有心人，在某女寝里找到了"山峰"。而事到如此并没有结束，捡狗的那位女生死活都不肯把狗让出来，这让阿星十分的作难。阿星提议用钱买回来，更是遭到了拒绝。

那女生强硬地说："有钱怎么样？很了不起吗？我偏不给。"

阿星无奈之下，把狗抱过来抬腿就跑。

"喂！站住，有人偷东西了……"任凭那女生怎样在后面呼喊，阿星就是不停。

呵！之后的几天，那女生的男朋友带着一群人满寝室地寻找阿星。虽然排查的力度远没有阿星找狗时来得大，但人数上却占据了压倒性的优势。

第十九章　真爱告白

任何人都不能忽视一条狗的作用，这是我们在阿星那里得到的经典理论。自从阿星帮陈洁找到山峰以后，陈洁对阿星的态度便有所改观，阿星曾经犯下的种种“罪行”也因为这次立功表现而得到赦免。我将最近的这些误会解释给陈洁听，她虽然对这些巧合表示了怀疑但她还是夸奖阿星是个很够朋友的人。这样看来，一切的不愉快都烟消云散了。大家有说有笑起来，阿星也不再愁眉苦脸。就在阿星和陈洁的关系得到缓和的时候，阿星作出了一个大胆的决定。他决定将山峰从陈洁那里给要回来。这个决定的原因先不说，但后果很有可能导致陈洁再也不会理睬阿星了。阿星说大家多虑了，他怎么会真的把狗要回来呢？他只是对陈洁说大家都很想念山峰，希望借回来玩几天罢了。最后阿星和陈洁达成了共识，每星期狗在陈洁那里待四天，在我们寝住三天。其实重要的不是狗住几天的问题，而是从此以后阿星就会有更多机会更好的理由接近陈洁啦。别说，阿星这招还真的很管用，这不，今天这二位又去遛狗了，不过与陈洁不同的是阿星的心思完全没在狗的身上。

晚些时候，阿星捂着头走进了寝室。大家疑惑地问："阿星，怎么了？怎么你又负伤了？快，给哥看看伤势。"阿星把手拿开，硕大的青包突现出来。

"哎呀……怎么弄的啊？这么大的包，难道又是轻薄陈洁被打的？"

阿星说："怎么会呢？我是那种人吗？"

大家异口同声地说："嗯！是！"

阿星白了我们一眼，接着说："其实是我不小心撞的，哎哟……好疼啊！"

不小心撞的，鬼才信呢。

寝室熄灯以后，阿星便开始躺在床上偷偷地笑，很恐怖。难道阿星被撞傻了？我们好奇地问阿星，有何美事至于笑成这样？阿星说他觉得陈洁开始对他有好感了，今天他去追狗时不小心撞树上了，她居然还夸他好玩呢。哈哈哈哈……说完又笑，很神经。

我去！这也叫夸奖吗？

阿星可是不管那么多，他告诉我们他要在圣诞节那天向陈洁表白。他得趁热打铁，为这个机会他已经等了很久了。

我劝道："阿星，你再等等，凡事不能急于求成的。"

阿星说："不行！我等不了了，我可不能像你一样，想当年如果小玲同意和小三交往，你哪还有机会啊。"

阿牛说："嗯！说得对。阿星，我支持你。不过，明年的圣诞节也许就是你的忌日了。估计你表白的后果有两个：第一，她把你拒绝；第二，你被她拒绝！"

占山反驳道："阿牛，你怎么能这么说阿星呢？阿星，你放心吧，你行的！我对你特别有信心。”

阿星赶快抱住占山，说道：“知己啊！这才是兄弟呢！”

占山接着说：“但话又说回来，就算是不成功，阿星你也要想开啊！”

阿星听后一把推开了王占山，这也叫对他特别有信心吗？

其实在我看来阿星的时机还不够成熟，如果抛开时机我看阿星成功的概率还是比较高的，应该可以占到七成。以阿星这俊朗的外表，又能有几个女生不为之心动呢？就说西门庆吧，如果他长得跟武大似的，打死潘金莲也不会越轨的。因为越了和没越一样，完全没有必要嘛。所以说，外表很重要。所以先给西门庆，啊不对！是阿星，先给他加上三成。

阿星的另一个法宝就是他的花言巧语。阿星曾对我说过花言巧语是打开女生心门和房门的钥匙，这话有一定道理。而我这么多年都只徘徊在找钥匙的阶段（此刻我以泪洗面）。想当年西门庆不就是凭借着花言巧语攻破潘金莲最后一道道德防线的吗？所以说，这三成也一定要加给阿星。

还有一项不充分但很必要的条件是不能忽视的，那就是钱。阿星家虽算不上是富甲一方，但也可称之为腰缠万贯了。当年西门大官人如果没有钱，怎么去贿赂王干娘？如果不贿赂王干娘，又怎能……（奇怪，我为什么总把阿星和西门庆往一块联系呢?）

爱情开始的时候，大家都会说这与金钱无关，但爱情结束的时候多半是因为钱。有钱就可以制造各种各样的浪漫。没钱人只能买一朵玫瑰花，对她说亲爱的我会一生一世对你一心一意的；而有钱人可以买九百九十九朵玫瑰，告诉她我希望我们的爱情可以长长久久，直到海枯石烂。先不论哪句话更酸，单说视觉效果上就差了很多。但是这个我只给阿星加一成，因为我就是那个只能送一朵玫瑰花的，5555……

最后，经过大家的分析得出一个结论：阿星表白的结果可能是九死一生，但不表白就是十死无生。阿星，我看好你哦！

自阿星决定向陈洁表白那日起便开始设想一种新颖的表白方式，可是阿星绞尽脑汁也没有想出半个新颖的表白方式。阿星要求我们帮忙集思广益，有两点要求：第一别提玫瑰花，第二别提情书之类的。王占山刚要开口，一听不让提这两样东西就闭嘴了。

阿牛说："我觉得你可以买一百支蜡烛，在楼下把它们围成一个心形。然后打电话给陈洁，让她走到窗前，对她说我爱你。"

阿星说："听起来还不错，不过咱校去年已经有人用过这招了。还听说他最后是以失败告终的，反而被学校罚了两百元钱。说是他的行为违反了学校的规定，增加了学校的火灾隐患。"

"那……"

阿星朝我说道："山峰，你馊主意最多了，给想个办法吧。"

我说："馊主意？对，我脑子里都是馊主意，所以我无可奉告。"

阿星说："没有！没有！刚才我说错了，我重说：山峰，你鬼点子最多了，给想个点子吧。"

鬼点子？还是有点别扭，暂时就不和他计较了。此刻，我做出了一个极其幼稚的动作，我现在回想起来都觉得幼稚。我学一休把手指放在头上画圈，画啊画，画啊画……嘴里暗自唱着：“咯吱，咯吱，咯吱……”

他们说这不是幼稚，这是弱智。

“有了！你可以买一些氢气球，把你准备好的礼物和卡片都绑在气球上。将它们用绳拽着升到陈洁寝室的窗前，最好在气球上写上陈洁的名字。真正的浪漫不是鲜花不是金钱而是惊喜。当她无意中把目光移向窗外的时候，就会惊喜地发现气球和你送的礼物。她一定会为之感动的，同寝的女生也一定会羡慕不已。她这么有面子怎么会不答应你呢?”

阿星听完非常兴奋：“太好了，山峰，你馊主意就是多。”

“嗯?!”

其实这个创意在我脑中已经酝酿很久了，本来是为小玲想的，可惜啊！555……

十二月二十四日在阿星的期盼下很快就到来了，阿星的计划也已经基本准备妥当了。氢气球和礼物都已经买好了，就等着夜幕的降临。只见氢气球上赫然写着五个大字——陈洁，我爱你！不过说实话，这句有点俗，看上去非常别扭。

阿星给陈洁准备的礼物是一枚两千多块钱的白金戒指。更俗！不过这些都不是最重要的，最重要的还是那张用于表白的卡片。能否成功都得看陈洁看完这张卡片之后的反应啦。卡片上面歪七扭八地写着：陈洁，做我女朋友吧！我爱你——阿星。

太他妈俗了！这是我这辈子听到的最俗的一句话了。

不知为何，每当我看到“我爱你”这三个字的时候都会有一种不自在的感觉。不是我嫉妒，只是觉得这三个字太随便了。爱是需要通过时间来证明的，通过行动去诠释的，不应说

得那么轻易吧！如果张嘴闭口都是“我爱你”，“我爱你”，那和“你好”又有什么分别呢？当然，分别是有的。你见到领导见到老师可以说你好，但不能说我爱你。否则人家会觉得你精神有问题。见到哥们儿，见到同学（男），你可以不说你好，但千万不能说我爱你。否则会被暴打的，然后还会被冠以“同志”这个代号。

不好意思，又废话了，还是说这边吧。陈洁是个慷慨的女生，这句话我早就说过的。今天她送给了我们四人每人一份礼物。而令我郁闷不已的是哥儿几个的礼物都比我的大。特别是阿星的礼物，要比我的大很多。阿星对陈洁送给他的礼物爱不释手的同时，还拿着它在我面前晃来晃去，并絮叨着：“你的没我的大，你的没我的大……”最可恶的是，我尿急奔向厕所的时候，阿星也跟了过来。我正嘘嘘时，阿星说道："刘山峰，你的没我的大，你的没我的大……"

此话一出，引起了上厕所同学的一阵嘲笑声，他们一定是想歪了。

呜呜呜……奇耻大辱啊！

我气愤地回到寝室打开包装盒，想看看里面究竟是什么礼物，怎么这么小呢？我打开一看，哦！原来我的礼物是一张CD，上面写着《未来的未来》。呀！这是我找了大半个哈尔滨都没有找到的CD。这是卢庚戌刚出道时的第一张个人专辑，而且《蝴蝶花》正是这张专辑中的主打歌。有一次我无意中对陈洁提起此事，没想到她居然能够找到。厉害！厉害！刚才的气愤顿时烟消云散，随之而来的是一股酸楚。如果小玲没走该多好啊！她现在在做什么呢？也许没有我的她今天更快乐吧……

我刚要打开CD看看里面是什么样子的，就被阿星叫走了。阿星说他好紧张，要在最后时刻再演练一下。于是乎，我们进行了一系列的演示，包括阿星的台词、动作和表情。阿牛说让阿星带瓶眼药水，适当的时候煽情用。阿星却说他从来就不会哭，男人嘛！

阿牛问道："如果陈洁把你拒绝了，你会不会哭呢？"

阿星呵斥道："阿牛，你能不能不说这种不可能发生的事情！"

阿牛说："我是说万一，如果呢？"

阿星说："万一她拒绝我，我也不哭。"

阿牛伸出大拇指，说道："够坚强。"

"我直接自杀。"

阿牛暴寒！

好了！时间快到了，我们出发吧！占山负责在楼下向上升气球，阿牛负责给占山指挥方向，而我负责给阿星打气加油。气球慢慢地升到了陈洁寝室的窗前，只要陈洁走到窗边就可以看得到。

阿星说："我给她打个电话，告诉她走到窗边不就行了吗?"

我说："那能一样吗? 浪漫是一种惊喜，要让她自己发现才算惊喜中的惊喜。"

时间一秒秒地过去，却迟迟不见陈洁的身影出现，真是急死人了。此时阿星唱了起来："今夜我又来到你的窗外，窗户上没有你的身影我很无奈。默默地暗恋你这么多天，今天我向你表白……"

忽听王占山喊道："她还没发现呀? 都冻死我了。"

要知道，身为冰城的哈尔滨并非浪得虚名，如果在这样的温度下纹丝不动地站上几十分钟那是会出人命的啊。在得到阿星的同意下，我拨通了陈洁的手机。

我说："喂！陈洁！"

陈洁说："喂！刘山峰，你终于打来了。"她的声音听上去十分激动。

我说："嗯！陈洁，请你走到窗前好吗?"

"嗯！好的。"陈洁和她的室友马上走到了窗前，看到了阿星为她精心布置的一切。远远地可以看到陈洁幸福的笑容，很甜。

我说道："阿星，有门呀！"

陈洁今天笑得异常灿烂，比旁边那哥们儿放的烟火灿烂多了。这时，陈洁拿起了那张卡片，看着……一秒，二秒，三秒，四秒，五秒……

突然，陈洁将气球全部扎碎，用力地把窗户关上，拉上了窗帘。哥儿几个都傻了，这是怎么话说的？

戒指就这样从四楼坠落下来，我听见了戒指盒撞击地面的声音。不！那是阿星心碎的声音。奇怪啊！这是怎么回事？开始陈洁不是很高兴吗？我给陈洁打了电话，得到的回话是："对不起，您拨打的电话暂时无人接听，请稍后再拨。"

我们搀着伤心欲绝的阿星走回了寝室，用一些废话来安慰他。可是阿星根本就听不进去，痴呆一般坐在那里。渐渐地，他的眼圈红了，直到泪流满面。

这是我第一次看见阿星哭，很丑。

第二天早上，我打开了陈洁送我的CD。发现里面放着一张粉色的带有香水味的纸，上面这样写道：

刘山峰，这张CD是我送你的第一份礼物。你喜欢吗？它并不贵重，却花费了我一个多月的休息时间。我跑遍了哈尔滨各大音像店，功夫不负有心人，最终我在一家新开张的小店里把它找到了。因为你对我说过你很想得到它，我的记性不错吧？不知为什么，在遇见你之后我的记忆力变得超级好，我清楚地记得你对我说过的每一句话，清楚地记得我每次笑翻后你痛苦的表情，清楚地记得你向我提过多少次你以前的女朋友。从你的眼神中，我知道你是多么的在乎她，她很幸运，我真的很羡慕她。不过，我觉得人应该正确面对现实与执著之间的关系。我的意思是说她已经走了，也许永远都不会回来了。就像我们儿时握在手中的氢气球，一不小心飞上了天，只能眼睁睁地看着它越飞越远，直至消失不见。还记得那个时候的我们第一反应是什么吗？应该是大哭一场吧？然后便去请求妈妈再给买一只。如果你得到一只新的气球，你就该抓得更紧，你说对吗？

其实在把这张叫做《未来的未来》的专辑递到你手中之前，我已经认真地听了几遍。因为我想知道它的什么吸引了你，你的内心世界又是怎样的——

从没有对你说，我忍受着孤独漂泊。
只因为不放弃，从前许下的承诺。
怎么样的生活，无法停止我心中的火。
你是否能感觉，对你的爱我从未变过。
最怕听见你说寂寞，我会放下自己来陪你。
最怕看见你哭泣，我会忍不住把心给你。
快乐和眼泪，
在未来未来的未来。
你能否能否看得见，
我深情到心碎。
幸福和疲惫，
在未来未来的未来。
全世界世界都听见，
我寂寞的誓言——我爱你。
……

其实我能够感觉到你在有意地把我和阿星往一块儿推，你的这种行为令我郁闷不已。因为我一直喜欢的是那个智商很低的小流氓。你知道吗？希望你不要再给别人创造什么机会了，阿星很好，但我和阿星只能是普通朋友。好啦，信就写到这里吧，我的意思你明白了吗？如果你想做我的男朋友，请在熄灯前给我回电话。

Merry Christmas!

——陈洁

看完信我恍然大悟，然后开始迷茫……

第二十章 左右为难

最近，我的MP3里一直循环播放着《左右为难》这首歌。不是我怀旧，只是深有感触。我的处境正如歌中唱到的那样，一边是友情，一边是爱情，左右都不是，为难了自己。客观地说，陈洁绝对是个不错的女生，无论从相貌和人品上都很不错。当然，除了笑声有些恐怖脾气有些大以外，真的很不错了。而且她对我也非常好，和她在一起总会有一种莫名的感动。这种感动是我从来都不曾有过的，也许是从来就没有人这么喜欢过我的原因吧。总之，能够找一个像陈洁这种条件的又对你真心实意的女朋友真的是一件幸福的事。可是我幸福了，阿星又该怎么办呢？自从阿星被陈洁无情地拒绝以后他的情绪就十分的消沉，仿佛这个世界的一切都与他无任何关系。他对吃饭没有兴趣，对上网没有兴趣，连对A片也没有兴趣。大家竭尽全力地开导，换来的却只有一句话——有的人活着，其实他已经死了！试想，如果我和陈洁真的走到了一起，那阿星恐怕就该说有的人死了……其实这种感觉就像当年的小玲要是和阿牛好上了，我想我会痛苦一辈子的。

我并非一个意志坚定的人，可我也并非一个重色轻友自私自利之徒。我不会答应陈洁的，为了阿星我也不会。

这时，我接到了轩轩的短信，轩轩告诉我现在的陈洁很憔悴，并说她不管我们是怎么回事，但至少得把话说清楚啊，不能让陈洁总这样下去啊。

唉！说的是啊。阿星和陈洁这件事横看竖看我都有一定的责任，还是找陈洁谈谈吧。也许还有一些余地，就算没有余地也至少要说清楚。我得认真地想想，相信阿星还是有一些优点的。

在我的强烈要求下陈洁同意和我见面了。

"陈洁，你最近为什么一直不肯见我呢?"我们边在学校里走着我边问道。

陈洁说："我见你，我们说些什么呢?"

是呀！说什么呢？难不成要谈中美关系，还是伊拉克的石油问题？我接着说道："说些大家感兴趣的话题，像以前那样嘻嘻哈哈的不好吗?"

她低头不语，继续走着。

我接着说："我希望你能快乐一点，就像从前一样。"

陈洁说："刘山峰，你听过这句话吗——有的人活着，其实她已经死了。"

我心想，我太听过了，这是阿星最近的口头禅啊。我说："听过！但我不同意这种说法。人活着就是活着，而有的人死了那才是真的死了呢。"

陈洁说："刘山峰，你无法体会我此时此刻的感觉。那是一种由欣喜若狂到心如刀割的感觉。"

我不能体会吗？不能吗？我能！

我给陈洁讲了许多自己以前的事情：给她讲那个喜欢唱《蝴蝶花》的小玲；给她讲我是如何与她邂逅，如何被她一次次地误会，如何为她失去自我，如何为她伤心断肠的；给她讲发生在我们身上的喜怒哀乐……

她一边听一边流泪，她说："可是，她已经走了呀，她不会再回来了。你为了一段结束的感情，这样执著值得吗？"

我坚定地说："她没走，从来就不曾走过，她在我心里。"

她无语，只是默默地流泪。

我接着说道："那年她走的时候，我特别特别的难过。在一段时间里我无法自拔痛苦不堪，但这样又会有什么用呢？事实会因为你的惆怅因为你的哀苦而有所转机吗？不会的。所以只要她幸福，我就别无所求了。"

陈洁说："她幸福了，你为什么不能去寻找自己的幸福呢？"

我说："因为我心累了。"我把话题转到了阿星那儿，"在我的印象中，阿星一直都是一位风流不羁的花花公子。在很长一段时间的接触中，也验证了我的印象是对的。但直到你的出现，他完全像变了一个人似的。自从他喜欢上你以后，他就再也没见过女网友，再也没和女生单独待在一个房间里。"说完这话我便开始后悔，我的言外之意不就是说阿星以前经常这么做吗？

我接着说："我曾经这样说过阿星，狗改得了吃屎你都改不了。但是我错了，他现在改了。我无法理解这一变化，但我知道你对阿星来说真的很重要，就像小玲对我来说一样。"

"是吗？"她冷笑着。

我说：“是的！”

陈洁说：“那你知道吗？我很在乎一个人的过去。一个人就像是一张纸，如果画上过丑陋的图案是再怎么擦也不会擦干净的。”

我明白陈洁的意思，但我却不同意她的看法。虽然阿星的那张纸上画满了不堪入目的图案，但不要忘记一张白纸是有两面的。为什么就不能把它翻过来看看呢？我把阿星这张白纸翻了过来然后马上又翻了回去，原来阿星翻过来的图案更不堪入目。当然，这只是句玩笑而已。阿星这张纸的另一面的确不是空白的，上面只写着两个字——陈洁。

我接着说道：“有些东西有些人错过了就不会再来了，陈洁你要想好啊！”

陈洁说：“刘山峰，你那么会开导别人，为什么不开导开

导你自己呢?"

我说："我？或许是我太执著了吧。我不喜欢做的事我做不来，我喜欢的事就是不让我来我也要来。"

陈洁说："你的意思是不喜欢我，对吗?"

我解释道："我没这么说啊！"

陈洁说："但我是这么听到的。"

我说："我的心中的确只有小玲，但我真心希望你能给阿星一次机会。"

"我恨你们！"陈洁说完此话，含着眼泪跑开了。

我站在原地，觉得整个世界都翻了过来……

我不能明白自己这是怎么了。我是不是有病啊？陈洁不够漂亮吗？我拒绝她阿星就会幸福吗？我不能确定我这辈子能否再遇见一个这么喜欢我的人了，但我能确定的是我和陈洁以后再也不是朋友，连普通朋友都不是。在友情与爱情之间我作出了艰难的抉择，这个抉择也许会让阿星好过一些，但我的幸福呢？谁来给我……

我独自一人走回寝室，寝室里仍然只有我独自一人。孤独是我这一秒钟的唯一体会，这种感觉很可怕。我躺在床上无聊地看着天花板，思绪中浮现出好多曾经的事情。如果陈洁和小铃同时被我遇见我会选择哪个呢？当然，此时这个问题已经没有任何意义，现在的情况是两个都没有了，我想我会一直孤单下去吧。

次日，寝室里只剩下我一个人……

又只有我一个，无聊得很！无聊时我喜欢上网聊天也喜欢泡学校的论坛。我刚刚登录论坛的页面，论坛短信的图标就不停地闪烁起来。我忙打开信箱，只见上面写着："喂！流氓吐，不知道你看没看到那篇回帖，如果没看到就快点去看吧，对你很重要的。”这则留言弄得我一头雾水。到底是哪篇回帖啊？什么时候发的帖子？哪个坛子里的帖子？我发过上百篇帖子的。但我相信这位朋友说的，这对我很重要，于是我就一篇一篇地找了起来。当我打开一篇叫做《想你》的帖子的时候，我的眼泪夺眶而出。

[1楼] 流氓吐：

想 你

是谁应着这吉他的旋律在歌唱？
是谁像只蝴蝶一样在我心头荡漾？
软软的风抚摩着我的胸膛，
而你就住在其中的某个地方。
翠绿的草让我的目光闪亮，
而你就在这里躲藏。
在一片荒芜的村庄，我看见你，
于是我把这里叫做天堂。
在一个把你丢失掉的梦乡，
我才知道世界上还有一种不完美，叫做凄凉。

小玲，我想你！

[2楼] 八嘴七舌：

我去！兄弟，受啥刺激了写这种酸诗！

无言了。

[3楼] 想想再回答:
诗写得很有感情，就是昵称差了点。
流氓就够可恶的了，再吐就更不能要了。
我劝你改成吐流氓，这样还能宣扬正义。
是不是很好的主意？呵呵……

[4楼] 瓶子:
我喜欢“软软的风抚摩着我的胸膛，
而你就住在其中的某个地方”。
我心里也住着一个人，
就在别人触及不到的心灵深处。
我想我这一生都不会再爱了，
真爱只有一次，
而往往是瞬间的光芒……

[5楼] 呵呵:
啥也不说了，哭了，5555555555……

[6楼] 寂寞的季节:
小玲是谁？

[7楼] 山上的蝴蝶花:
飞去飞来，
我是一只美丽的花蝴蝶，

张扬着自己美丽的翅膀飞在花丛间。
我是一只骄傲的花蝴蝶，
众人的追逐嬉戏我都视而不见。

就在某一年的某一天，
你的出现将我的世界改变。
你的与众不同你那执著的恋，
占据了我所有的视线。

我知道自己不再是一只独舞的蝶，
我的每一个动作都可以为你展现。
我知道自己不再是一只漂泊的蝶，
因为我可以静静地落在你的身边。

时间一天又一天，美好的东西仿佛都那么短暂。
蝴蝶飞去了那边，而你还痴痴地等在这边。
其实花蝴蝶并不想飞走，
她也有她的难言。
其实花蝴蝶从来都不曾走远，
因为她就在你的心田。

而现在，花蝴蝶就要飞回你的身边，
不管路途有多么遥远。
而现在，花蝴蝶就要飞回你的视线，
让你看着我骄傲地飞在花丛间。

山峰，我这边的事情已经全部解决了。
我母亲的冠心病已经好多了，
而且她现在已经找到了自己的归宿。
我这只蝴蝶终于可以自由地飞舞了，
如释重负的感觉真好。
我决定回到这片荒芜的村庄，让它重新变成天堂。
我决定飞进你的梦乡，让它不再凄凉……

我马上拿起手机拨通了小玲在美国的电话。电话那端响起了一个熟悉的声音：“喂，刘山峰，是你吗?”

“是，是我，小玲……”我的话哽咽住了。

“山峰，你这两年还好吧?”

“还好，除了很想很想你之外都还好。”

“告诉你个好消息，我妈妈同意我回去了。”

“是呀！我一直都相信你会回来的。”

“下个月我就回去，你等我啊！”

“一定等！我一直都在等你，不曾变过。”

第二十一章 第一份工作

寒假来临，我没有回老家，原因有三：其一，是因为那两千五百元重修费的问题，我决定留在哈尔滨打工。我一大老爷们儿怎好意思总向家里伸手要钱呢？当然，就算我好意思要钱，我父母也未必肯给，说不定还会换来一顿臭骂，毕竟这也不是什么光彩的事嘛。其二，是因为阿星被陈洁拒绝后心情一直很消沉，终日郁郁寡欢。我怕他想不开做出什么傻事来，所以决定吃住在他们家，顺便开导开导他。阿星说自从我住在他们家把他喜欢吃的东西都吃光以后他就更想不开了。其三，也是最最重要的，小玲要在这个假期回来啦，我得亲自去劫机，啊不，是去接机。真希望她今天就能回来啊！为了这一时刻，我已经等了太久太久。

说到留在哈尔滨，就不得不提及阿星家。前面说过的，这段时间我一直都吃住在阿星家，阿星家人真的很好，对我非常的热情。特别是阿星的父亲，更是一位很随和的成功人士。当然，在我看来只要比我老爸成功的人都叫成功人士，然后发现满世界都是成功人士。

闲聊时，阿星爸问我有没有什么特长，他认识很多公司的老总，可以帮我找份工作。特长？我一下愣住了，并努力地回想。

阿星在一旁说道："我认识刘山峰这么多年了都没有发现他有什么特长。对了！他鼻毛特长而且经常忘记剪。"

死阿星，居然在叔叔面前不给我留面子。有了！我终于想到了一个特长，于是我骄傲地说："叔叔，我编程学得很好，特别是C++。"

阿星爸说："哦？C++学得很好啊，听阿星说这门课程挺难的吧？"

"不难，小意思！"

这时他朝着阿星说道："阿星，你看看刘山峰，这么难的科目都能学得很好。你再看看你，一天无所事事，平时连本书都不看。以后多向刘山峰学习学习，别整天摆弄你那把吉他。对了，刘山峰，你当年C++考试打了多少分啊？"

我想了想，说道："及格了！"

阿星爸听后险些晕倒，并不再批评阿星也不再要求阿星向我学习。

虽然我编程的水平一般，但是阿星爸还是相信了我这为数不多的特长，并把我介绍到一家软件开发公司去工作。这是一家以开发办公软件和政府企业管理软件为主的公司，公司的规模看起来并不大，但听说一年能创收上千万呢。我怀着无比激动的心情就这样开始了我人生的第一份工作。然而工作之后我才发现，编程的确不是我的特长，一切都得从零学起。我老妈经常对我说，当你什么都不会的时候，正是你最有潜力的时候。所以我自信地认为我的潜力是很大的。而我老哥刘山岗则浑身上下写满了潜力、潜力、潜力……

进入公司的第一天，我被分到了网站程序部，负责给企业网站编写后台程序。当然，起初的阶段只是帮助维护一下网站和更新一些网站的信息。这样简单的工作让我多少觉得有些无聊，但想着小玲即将回来想着我们的将来，工作便充满了激情。

初到公司的时候，网站程序部的经理给我留下了极其深刻的印象。他是个很有趣的南方人，三十出头的年纪，个子不高，有些胖。他对手下的职员都非常随和，而且很逗，他有个最大的特点就是在说话前加上“我靠”二字，无论说什么之前都会不自觉地加上这二字，仿佛中国汉语中就没有比这二字更能表达情绪的语气词。例如：我靠！今天中午的饭这么难吃。我靠！今天又下雨啦。我靠！小刘，你这程序怎么编的啊？明明可以用六条语句完成的，你编了一整页，你还真敬业啊。

有一次，我们部门经理早上来了和大家打招呼。他说：“我靠！大家都来得这么早啊。”大家异口同声地说：“我靠！是你迟到了才对啊。”

呵呵！大家对他的这句口头禅早已习以为常见惯不怪了。值得一提的是我们部门经理仅仅是初中学历，而且他是我们公司老总亲自去南方公司挖来的程序员，年薪二十多万。听到这些，我不禁感叹道：“我靠！”此刻，我真的找不到比这个词更能表现我的惊讶与佩服的语气词了。

一次，和经理闲聊，他问我在学校的学习如何，挂没挂过科。我如实地回答了我的情况。他的反应超出了我的想象：“我靠！你还真行啊你。一共才学过几门功课啊，你挂了一大半。不过，我就喜欢学习不好的人才，我当年就学习不好，连高中都没念就在社会上混了。后来一次偶然的机会接触到了电脑，喜欢上了编程，从此就从事起这项工作来。在我看来，大学都应该拆掉，现在那些大学生都被教傻了。你就不一样，你学习不好这就是你的优势。”

“优势？”我疑惑地问道。

“是啊！那些追求成绩的学生浪费了大量的时间在那些一辈子都用不上的课程上，你说这些人傻不傻吧？在我看来，只要把一门功课搞精通了，其余全部挂掉也无妨。正所谓一招鲜吃遍天嘛。”

听完我们经理的话让我有一种豁然开朗的感觉，他真是我的苦海明灯啊。此刻，我决定把编程弄精通，像我们经理那样做一个专才。也许这才是我该走的路啊！

初到公司时除了我们部门经理给我留下深刻印象外，那雪白墙体上的红字也令我十分的不解，墙上这样写着：

一次偷懒自己知道，两次偷懒同事知道，多次偷懒老板知道。

十分奇怪，挺干净的一面墙为什么要写这些字呢？而后我就发现这句话贴在这里简直是太有道理啦，也太应该啦。这些程序员的偷懒行为没多久就被我知道了。有聊QQ的、泡BBS的、写博客的、打CS的、看视频直播的，还有在网上看玄幻小说的。总之，偷懒的项目五花八门且种类丰富。不过，在这里我要帮这些同事解释一下：众所周知程序员是一个高薪职业，却不知编程是一件多么枯燥乏味的工作。每天一打开电脑就要编写一个又一个的程序，关上电脑还要不断学些新的东西给自己充电。在这种巨大压力下人们总会寻找一些释放自己的方法，于是乎一有空大家就会偷偷懒，转移一下思维，放松一下自己。然而这种风气却引起了公司老板的不满。为了提醒大家认真工作，就在墙上写下了这么一行字。不过说实话，这句话所产生的效果并不大。而且没多久我也加入到偷懒的行列中来。又过了没多久我偷懒的行为就被同事知道了，彼此心照不宣了。又没多久我偷懒的行为就被老板知道了，本想和他心照不宣的，但还是被他叫到办公室训斥了一番。

我被叫到老总办公室那天下了一整天的雨，看来老天都为我难过得哭了。我冤枉啊！偷懒的又不止我一个，为什么要单独找我谈话呢？

老板说："小刘啊！你来公司多久了？"

我说："快一个月了。"

老板说："哦！怎么样，公司的业务都了解得差不多了吧？"

我说："嗯！我们部门的业务我基本上已经了解了。我们部门一共负责七十二家企业网站的建设与维护工作，其中有三家是这个月才加入进来的，有二十七家是大规模企业，十九家是国有企业，还有十五家是外资企业。"

老板眼睛眯成一条缝，说道："嗯！很好。一个月能把你们部门的业务弄得这么清楚，很不错嘛。"

我心想，这多亏了我们部门经理啊，他告诉我一定要把我们部门的业务背得滚瓜烂熟，假如有一天老板对你的工作态度不满找你谈话时，你就把咱们部门的业务详细地给他背一遍，你就能化险为夷。得知老板要找我谈话，我特意将我们部门的业务又背了三遍，没想到这招真的管用。经理，你太伟大了！

老板说："小刘啊，你现在的工资是多少?"

我很惭愧地说："一千元。"

老板说："哦？只有一千元啊。"

我解释道："我还在试用阶段。"

老板说："那这样吧，我跟财会说一声，你过了试用期了，下个月给你开一千八百元。"

啊？这么好。我心里那个美啊，但我说什么也不能表现出来，我一副视钱财如粪土的样子，说："嗯！谢谢老总。"

老板说："小刘啊！你要好好干啊，别学那些老家伙偷懒，年轻人还是得勤快点，懂吗?"

我点了点头，然后离开了老板的办公室，找了个没人的地方笑了很久。

第二十二章　归去来

今天，对于我来说是一个非同寻常的日子，因为今天小玲就要坐着飞机从地球的另一端飞回来啦。为此我提前两个小时来到机场，足以证明心情之迫切。为了这一刻，我已经等了太久太久，此刻我一秒都不愿再等下去了。老天总算对我不薄，在一次又一次地耍弄我以后还是发了善心把小玲还给了我，改天看见他老人家要请他吃饭。

在我的记忆里这已经不是我第一次接机了，记得那是我初中时，我们学校来了一位外国友人，名字和长相现在我已经记不得了，只记得他的头发长到了脸和下巴上。那是我校有史以来第一次来外国友人，所以学校对那次活动非常的重视，除几十人的鼓号队以外，还特意从全校学生中挑出最帅的五十名男生和最靓的五十名女生去机场迎接。我们手捧鲜花排成两行夹道欢迎着："欢迎，欢迎，热烈欢迎！欢迎，欢迎，热烈欢迎……"说来惭愧，那五十名帅哥里居然没有我，我在那五十名靓妹里，555555555……

不是我扯谎，确有此事。我记得很清楚，那是由于我校一位女同学中暑了，临时晕倒了，当时又没有女生可以用，就把我拽来放进女生队伍中了。当时我们那个变态的班主任说了一句话让我痛苦了半年，她说:“让他代替吧,没事儿,他代替也看不出来。”结果我还被强行抹了红脸蛋和红嘴唇，5555……

不好意思，我又跑题了！

为了迎接小玲的回归，我特意跑去鲜花店给她买了十一朵玫瑰。十一朵玫瑰意味着一生一世，但愿我们的爱情也能如此！其实我一直认为送女生玫瑰花是一件很俗的事情，但对于女生来说她们是永远都不会介意这种俗法的。她们会希望你每天都这么俗，越俗越好，小玲也是如此。

这是我第二十八次看表，距小玲下飞机还有最后半小时。我的心跳也随时间的推进而愈加剧烈起来并开始胡思乱想。见到小玲的第一句话说什么好呢？为了表现我对她的思念是不是最好掉几滴眼泪，或者给她来个热烈的拥抱之类的？我第三十次看表，时间仍然还剩半个小时。时间怎么过得这么慢呢？第三十二次看的时候还是半个小时。此刻，用度日如年这个词来形容我的感受一点都不过分。要说时间真的是我们的天敌。当你悠闲散漫的时候它就会过得飞快；当你焦急迫切的时候它就会停下来。我不是危言耸听，我说这话是有根据的。我最近的几次看表，我的表针根本就没有动过。一直都是还有半小时，还有半小时，这时间也太慢了吧？呀！我突然意识到，不是时间停了而是我的表停了。我不禁感叹，这二十元钱买的手表就是使不得啊！

时间还有十分钟，我已经迫不及待了，身体在那里不停地晃啊晃！晃啊晃！旁边的大伯对我说：“小伙子，你别晃了，

我有点晕。”我抱歉地笑了笑，不自觉地继续晃。

也不知小玲她现在是胖了还是瘦了，是高了还是矮了。这句话好像很白痴哦，不过可以充分体现出我此刻兴奋得一塌糊涂的心情。她的发型会有怎样的变化呢？她会不会穿裤子呢？当然，我的意思是她有可能穿裙子！在飞机即将抵达的时候我胡乱地猜测着。

“刘山峰！”我正在想着，却突然听到一个熟悉到不能再熟悉的声音。

“啊！小玲！”我一抬头看见她向我轻盈地跑了过来，像一只刚刚放飞的鸽子。她跑过来给了我一个深情的拥抱，她果然变沉了，我用手测量出来的。我把买来的十一朵玫瑰送给小玲。小玲说道：“刘山峰，你什么时候变得这么浪漫了？说，我不在的时候是不是没少给女孩子送花？”

我说：“怎么会呢？我的心里只有你没有她。”

“她？那个她是谁？快老实交代。”小玲很警觉地问道。

我心想，千万不能让小玲知道陈洁的事，于是说：“嘿嘿！她指除你以外的其他女生呗。”

小玲说：“哦！这还差不多。那你知道十一朵玫瑰代表什么吗?”

“代表什么?”

“代表一生一世！”

“那十朵代表什么？我买的是十朵，但那家花店买十赠一。”

小玲倒！

当然，只是玩笑而已。

“小玲！”奇怪，谁在叫小玲？我和小玲转身看去。哦？居然是刚才被我晃晕的那个大伯。小玲一看到他便说道：“魏叔叔，您来啦！真不好意思，刚才太激动了，把您来接我的事给忘记了。”

大伯说：“呵呵！没关系，你妈妈不放心你自己回来，特意叮嘱我来接你的。这位是你男朋友吗?”

“嗯！这是我男朋友刘山峰，这位是魏叔叔，我妈妈的大学同学。”

晕！原来是自己人啊，早知如此就不晃他了。我尴尬地对这位大伯笑了笑，没好意思和他打招呼。我们同魏大伯一起走出了机场，上了魏大伯的奔驰车，车一路往北开去。聊天中得知魏大伯是一家什么什么集团的老总，而小玲这次回来已经不用再到我们学校来上学了，她已经拿到美国华盛顿大学的工商管理专业的学位，这次回来她可以直接去魏大伯的公司工作。不用自己找工作，多幸福啊。不过我也不错嘛，拥有一技之长，还刚刚涨了工资。

魏大伯得知我是一程序员后，点了点头说：“嗯！不错，这工作挺有发展前途的。”听完魏大伯的称赞，我突然感觉自己长大了，可以通过自己的工作来赢得别人的尊重。这和以前截然不同，我喜欢这种感觉。

车停了，在一个小区内。我们跟着魏大伯一起走了进去。哇！这就是魏大伯帮小玲安排的房子啊。很不错嘛！房子虽不大只有一室一厅，但装修得很别致。充足的阳光从通明的阳台直射进来，让人觉得温暖极了，以暖色系为主的装饰更渗透出青春的气息。这里的一切仿佛都是为小玲精心准备的。

魏大伯说：“这是我让秘书帮你准备的，也不知道你喜欢不?”

小玲说：“很好啊，很有家的温馨感，我怎么会不喜欢呢?”

魏大伯接着说：“房子不大，不过你一个人住应该是够了吧?”

我帮小玲回答道：“够了，够了。”然后小声对小玲说，“其实这房子我们俩住也够了，你说是吧?”

小玲也小声地说：“刘山峰，你想什么呢？谁说你可以过来住了?”

我说：“那我住在地上总行了吧?”

“哼！那就看你的表现了……”

嘿嘿！当天晚上我就留宿在小玲的新家里。不过，我的确是睡在地板上而且是客厅的地板上，呜呜呜呜呜呜呜……

第二十三章　开学喽

开学了，这最后一次开学比往常清闲了许多。毕业设计的课题要等到四月份才会进行，而这学期又没有什么课可以上，整个三月便空闲出来。闲下来没多久阿星就开始抱怨，在他看来上课虽然没意思但没有课上就更没意思了。没有课上直接导致的后果就是没有课可以逃。不逃课上的网，一点都不爽。当然，这个短暂的假期在阿牛看来是再爽不过的啦，他的上网时间得到了很好的保障，他的冲级速度得到显著的提高，他现在在网上的时间明显多于在网下的时间，基本属于吃饭也要看着屏幕才会觉得香的那种。这不免让我有点担心，再这样下去阿牛不就变成植物了吗？而阿牛却说刘山峰你还是担心下自己吧，你那五门功课如果再不通过可就没有毕业证了。也是，我净瞎操心。阿牛这家伙虽然一直都沉迷于网络游戏中却没有补过一次考。多神啊！而我就别提了。就说占山吧，这些年来一直都在拼命学习，却不幸地挂掉了一科。这么学都可以不及格，他更神！其实这段时间的占山一点都不清闲，占山自打考研结束后便开始做兼职工作，他找了一份送牛奶的工作两份家教工作还有一份发小广告的工作。占山说他得多赚些钱，研究生一年的开销很大的。看来占山这次考得不错，十拿九稳。

今天我没有去公司上班，并非忙而是因为昨天刚刚开了工资。这是我第二次开工资也是转正后的第一份工资，加上奖金一共二千三百元。我为人向来低调，本来是想财不外露的，不巧我的工资条在销毁的时候被阿星发现。阿星看到工资条惊讶地说："啊？二千三百！这么多！你这家伙开这么多钱也不说请大家吃饭，你想死啊！"说完就给在网吧的阿牛和在发传单的占山发去短信。阿牛在第一时间从网吧冲了回来，而占山也在随后的一段时间内赶到了。完了，看来这三要变成零了。

阿星说："怎么会呢？我们是那种人吗？"

大家说："不是，绝对不是。我们只要一个零就可以了。"

我很意外，这些家伙今天是怎么了？居然这么善良，知道我赚钱也不容易。之后我突然顿悟，他们的意思是去掉一个零，只给我剩下二百三十元。55555555555……一群没人性的家伙。

当然，我知道这些都是玩笑而已，大家不会狠心把我的工资全花光的。

大家摇着头坚定地说："谁和你开玩笑了？"

最后经过友好协商，哥儿几个同意在吃饭的时候不点鱼翅燕窝梅花参之类的。而我付出的代价就是请大家暴撮一顿的同时，满足大家一个百元以下的愿望。

阿牛说："给我买套衣服吧。"

我说："好吧，想要什么牌子的？"

阿牛说："没有牌子，是游戏中的衣服。"

我倒！这个网痴。

占山就是好，处处为别人着想。他的自行车车胎爆了，他的愿望是想换个新胎。

我说：“占山，也别换新胎了，我直接给你换辆新车。”

占山说：“不用，不用，我的自行车还能用，再说这也超出一百元了。”

我说：“什么钱不钱的，你就等着骑新车吧。”

阿星赞扬道：“山峰就是慷慨，而且还从不食言。我的愿望你也肯定会帮我实现的，是吧？我的愿望是再让我许一百个这样的愿望。”

我听后只说了一个字：“滚！”

下午，大家在学校附近一家最大的酒店坐了下来。阿星和阿牛开始争抢着点菜，我提议谁点的菜便宜就让谁点。大家也觉得这是一个好主意，如果两个人在点菜时意见相左，那就点更贵的那个。我倒！早知如此就不说了。

过了一会儿，小玲和她大姐二姐也赶到了，唯独四妹没有来。我们从阿星眼中看到了一丝失望。很快菜上齐了，阿星由失望变成了渴望，大家也热火朝天地吃了起来。小玲也吃得很开心，连连说好吃。说这个菜美国没有，那个菜比美国做得地道。就好像小玲不是为我回来的，而是为了这口吃的。呵呵……

小玲说她在美国的时候做梦都会梦见大家，还有那么多有意思的事情她也常常会想起。今天终于回来了，一切都是那么亲切。真是太幸福啦！

阿星说：“小玲，好像刘山峰看起来更亲切吧？”

“就是，就是！”“哈哈哈哈……”大家一起哄，小玲的脸一下就红了，甚美。

推杯换盏间，两个钟头已经过去了，哥儿几个也都喝了不少。

这时，占山晃晃悠悠地站了起来要给小玲敬酒，并说："小玲，欢迎你回来。"

小玲说："嗯，谢谢占山！"

占山说："小玲能回来真的是太好了，山峰也就不用去找别的女生了。"

小玲问："别的女生，什么别的女生？"

我倒！占山一定是喝大了，我哪里来的什么别的女生。

二姐接着说："对了，刘山峰，前些天我也看见你和一个女生有说有笑的，还走进了电影院。她是谁啊？"

"啊？还去看电影了？"小玲问道。

完了，纸是永远都包不住火的。我忙解释道："哪有什么

女生啊？那只是个普通朋友而已。”再看阿星一脸阶级仇恨地看着我。

二姐说：“应该是上学期的事吧，那女生个儿还挺高的，和占山差不多，皮肤不怎么白。”

占山忙说：“啊！你说的是陈洁吧！”

我倒！哥儿几个都知道是陈洁，就是没有明言，可占山一下子却……

没办法，我只好老实交代了事情的起因经过和没有结果的结果，当然我没提阿星喜欢上陈洁的事情，虽然没提但多少还是勾起了阿星的伤心事。小玲听完不但没有生气还表扬了我，说我是真金能够经得起考验，说相信我在美色面前是可以经得住诱惑的，还说我是柳下惠坐怀不乱。

突然，阿星站了起来，朝我们嚷道：“够了！你们太过分了，你们把陈洁当成什么人了？”说完，阿星拿起衣服跑出了包房。

小玲晕……

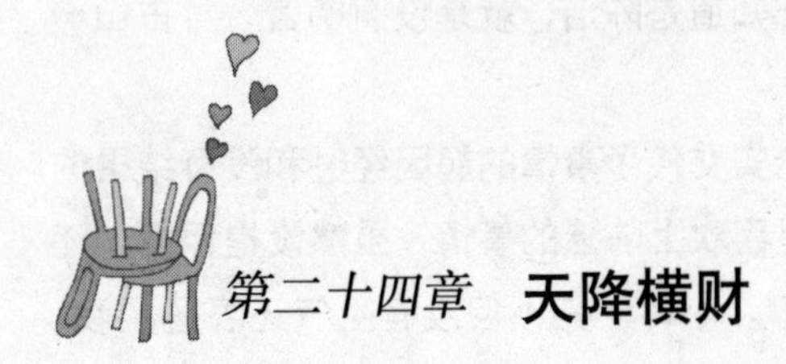

第二十四章　天降横财

小玲真是我的福星，自从她回来后我的一切都开始顺利起来。工作得到了领导的认可，工资也有了不少的涨幅，补考的科目接二连三地通过，心情更是好得一塌糊涂。夸张的是今天我买了一袋ＸＸ牌子的瓜子，居然从里面刮出了一个二等奖来。本以为也就是电饭锅微波炉之类的，仔细一看，哇！奖品竟然是一台价值三千六百元的DV机。

如果幸运是一场雨，那我则是被瓢泼大雨给淋了三天三夜。以前只听说吃瓜子能吃出臭虫来，没想到这次居然被我吃出了一台DV机。阿星说因为我就是那条臭虫。嫉妒！绝对是嫉妒，这是他的老毛病了。自从他被陈洁拒绝以后对我就一直心有余悸，在他看来如果不是我也许他和陈洁早就走到一起了。可是他却忘记了如果不是我他和陈洁会认识吗？会成为朋友吗？真是的。对了，赶快给小玲发个短信告诉她这件好事，我长这么大连袋洗衣粉都还没有中过呢，惊喜之情可想而知。小玲收到短信后告诉我她一直都想要台DV，并告诉我快去把奖领了，然后把DV直接送到她那儿去。看样子她比我还惊喜呢。

下午，我给X X瓜子哈尔滨的代理商打去了电话。我问什么时候可以领取奖品，她说随时都可以啊。“那太好了，我速来！”看来这公司的办事效率还不赖嘛。

N分钟后我就到达了那家代理公司，工作人员十分热情地和我握手，并说道：“小伙子，你真是太幸运了。你知道吗？你这个二等奖可是十万袋瓜子里才有一个啊！比从瓜子里吃出臭虫的概率都低。”

他怎么也提臭虫？讨厌！“呵呵！真的呀……”我说道。

工作人员说：“此时此刻你不想说点什么吗？”

我说：“当然想，我要感谢！我要感谢我们学校友佳超市的大姐。要不是她没有零钱找给我，拿一袋瓜子顶账，我想我无论如何都不会买瓜子吃的。”

工作人员倒！

另一工作人员说道：“是这样的，我们公司有规定，凡是中三等奖以上的消费者，都要为我们企业拍一个小短片，然后我们邮到总部去，也算是你得奖的一种证明吧。所以说你一会儿对着我们的机器说一段话。这是稿子，你就照这个念。”

我拿过稿子一看，差点吐了出来，我这辈子都没看过这么恶心的台词。这种虚假的东西我是不会去说的。我气愤地说：“我可以选择不拍这个短片吗？”

工作人员说：“可以！但奖品就不能给你了。”

“啊？我就是随便问问，拍吧！拍吧！”我忙改口。

摄像机已经架好，灯光也已经打开，我坐到了一个特定的位置。工作人员喊道：“开说！”

我强忍住胃酸说道：“大家好！我叫刘山峰，是一名大学生。我非常幸运地获得了X X瓜子举办的回馈消费者活动的二等奖。那天我买了一袋儿X X瓜子，打开包装后看见里面有一张奖券，就抱着试试看的态度将奖券刮开，这一刮开不要紧，竟然中了二等奖。感谢X X瓜子给我带来的这份幸运。其实，我和X X瓜子还有一段不为人知的故事。在多年以前，由于我的饮食很不规律，我得了严重的胃病。（大哥！我也没得过胃病啊，能不能给换一种病？如脚气之类的，我得过。工作人员：也行！我们的瓜子还能治疗前列腺肥大。我马上阻止道：算了！还是别换了，胃病就胃病吧！）每天都需要吃大把大把的药来抵制胃痛给我带来的痛苦。（我感觉这得的好像不是胃病，而是胃癌啊，而且还是晚期那种。）一个偶然的机会，我吃了一袋X X牌子的瓜子。奇怪的是那天我居然没有感觉到胃痛。（是！的确没有感觉到胃痛，而是改为浑身都痛。）于是我就坚持吃这个牌子的瓜子。吃了三个月后，我的胃病居然好

了，真是太神奇了。（这瓜子里有九转还魂丹吧！）我感谢X X瓜子的厂家，生产出这么好吃的瓜子。而且还治好了我的病，还给了我一个健康的身体。”

短片拍完了，我捂着肚子，不是胃痛，是想吐。

最后，我暗骂了一句“垃圾”，便拿着我的奖品离开了这里。

我刚刚回到学校就接到小玲打来的电话：“喂！山峰，DV取回来了吗?”

我说：“嗯！刚刚拿到手，还没来得及给你送去呢。”

小玲说：“不用送了，我们今天下午不忙，我一会儿去你那儿。”

“那太好了。”

半个小时后，小玲到达了学校并要我速来帮她拍摄。我穿上衣服向学校主楼的方向跑去。三月的哈尔滨还是有些冷，为了小玲我没命地跑着。突然，脚下一滑，摔倒在地上，手里的DV机狂飞了出去。只听咔嚓一声，DV碎成了八瓣；又听见咔嚓一声，和DV没有关系，这是我心碎的声音。完了！小玲还在那儿等着我给她拍DV呢，而这DV却完全不能用了。怎么办？怎么办？怎么办？要是让小玲知道我把刚取回来的DV给弄坏了，她肯定会生气的。我将地上散落的部件拼凑起来，发现除了屏幕碎裂得比较明显外，小玲不仔细看是发现不了DV坏了的。我将拼凑好的DV机握在手中向主楼的方向走去。

主楼前那个徘徊的身影大概就是小玲吧，看来她等得有点不耐烦了。我走了过去，装做没事人一样拿着DV拍了起来。当然，实际上什么都没有拍。

小玲一看我来了，便跑了过来，说：“山峰，你怎么才来？我都等了很久了，快把DV拿来给我看看。”

我阻止道：“别动，我怕你手太重把DV碰坏了，万一碎成八瓣怎么办？”

小玲有些生气地说：“刘山峰，你也太小气了吧？你以为我练过大力金刚指啊？还能碎成八瓣？哼！不看就不看。”

我说：“小玲，我不是这个意思，我是有苦衷的啊。这样吧，我给你拍摄总行了吧？”

小玲说：“那好吧，你得给我拍得好看些。”

“嗯！一定。”我拿着已经碎成八瓣的DV，在那里假装拍摄着。其实我挺内疚的，小玲在那里摆了好多POSE，如果让她知道我什么都没拍她非打死我不可。

突然，小玲说：“拿来给我回放一下，看看拍得好看不？”

我倒！忙说：“小玲，别看了，过几天我把给你拍的刻成碟你再看。”

“不行，我就看，现在就看。”说完，小玲上来抢我的DV。“小玲，别，别，别抢坏了。”结果DV掉到了地上，咔嚓一声摔成了八瓣。

我忙说：“你看，我说什么来着？不让你动你偏动，看！弄坏了吧？你看看正好是八瓣。”

这时，小玲做出了我意想不到的事，她居然委屈地哭了。这下玩笑开大了，我赶忙去劝慰。可是她还是没完没了地哭，很伤心的样子。没办法，我只好坦白了刚才的事，我告诉小玲那DV是我之前就摔坏了的，本来想等开工资再买个新的送给她，哪承想她非要看，所以就……

小玲一听立刻就不哭了，说：“啊？刘山峰，你居然骗我，我还以为是我弄坏的呢。好啊，刘山峰，我要打死你。”

说完，小玲就要动手。

我说："小玲，别，别，我赔你个新的还不行吗？"于是我转身便跑，小玲跟在后面"追杀"。我们就这样在操场上跑着……跑呀跑……跑呀跑……前方不远处的地上有根电线，电线的一部分埋在地下，很结实。不要问我为什么知道它很结实，如果你被电线绊倒了你会认为它不结实吗？是的，我的意思是我又一次被绊倒了。我还没有来得及起身，小玲就追上了，于是我被打。我能确认这绝对不是传统的打情骂俏，因为小玲是往死里打。555555……这时，一个身影从我身边经过，然后很快就走远了。她像是看见了什么恶心的东西一样，生怕粘到身上。看背影我恍然大悟，是陈洁。

我一下怔住，此刻小玲仍然在打……

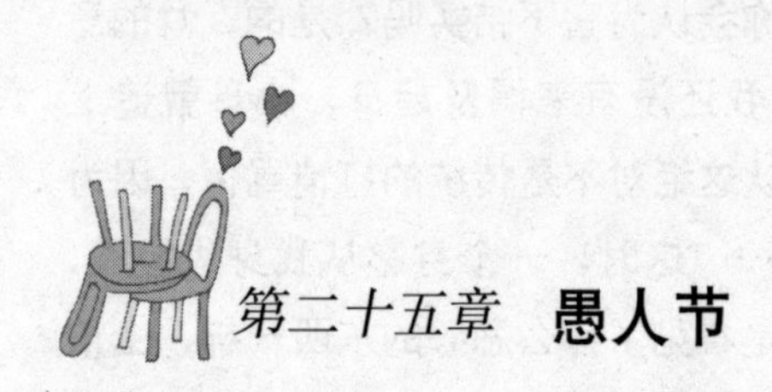

第二十五章　愚人节

转眼间到了四月，提起四月就不得不提这四月的第一天。

四月一日，愚人节（April Fools' Day），乃西方的民间传统节日。相传多年以前的人们会在这一天互赠假的礼物，或者邀请大家参加一些根本就不存在的PARTY，慢慢地变成了一种风俗并流行开来。近年来，在我国特别是在大学校园里这种风俗十分盛行。什么往饼干里放牙膏啊，把寝室门牌调换啊，给女生打整蛊电话啊……总之，为了证明自己的智慧超群大家绞尽脑汁。而阿星通常都排在被整的那个行列里，大家也以能够整蛊阿星为荣。惨痛的事实教育了阿星，每一年的这个日子阿星都会特别小心，今年也不例外。不过，我、阿牛还有占山还是约定好在这天愚弄阿星，如果谁在熄灯以前没有愚弄到他就请全寝吃饭。占山问："那要是阿星把咱们愚弄了呢？"

我和阿牛说："那你就请大家吃饭。"因为在我们看来也就占山具备这样的低智商。

其实，愚人节的早上阿星就险些中计，因为我把夹心饼干里的奶油都放进了阿星的牙膏里。只要阿星早上起来一刷牙，我的晚餐就有着落了。这招是我根据往饼干里放牙膏的方法反推出来的。嘿嘿！也就我有这样的逆向思维能力吧！我暗自赞美着。可是阿星今天起来晚了，居然没刷牙，555555……我劝阿星刷刷牙，这样多不卫生啊。阿星一想也对，于是拿起牙刷在牙上蹭了几下，说道："刷完了。"

此刻，我无语。

阿牛是我们寝的才子，这话我早就说过。人家不光学东西比别人快，就连整蛊都高人一等。这家伙的整蛊可是带有科技含量的啊。中午，阿牛早早回到寝室，在门把手上连了一根电线，当然隐藏得很好，从外观上基本看不出和平常有什么不同。电线的另一端通往电源，阿牛告诉我们本来中间还有一个变压环节的，可是没有借到变压器，只好直接接到220伏电压上了。阿牛还说只要电源拔得及时应该没什么大问题的。此刻阿星正在厕所解手，于是我们就把电源接了上去，心想，他回来的时候一碰把手阿牛的伙食费就有了。我们刚把电源接好，就听门外啊的一声惨叫。哈哈！中了！我们忙拔下电源推开门，看见我班辅导员蹲在地上，一只手已经抽筋了。

辅导员怒斥着我们："说，你们弄什么了？我一摸把手就被电到了！"这时，阿星从厕所走了回来，看辅导员蹲在地上便询问怎么了，为什么蹲在地上？听完辅导员的解释，阿星开始坏笑，他一定以为这是辅导员在愚人节和他开的玩笑，是故意装做被电到了。

阿星说："辅导员，门把手上怎么会有电呢？是不是你自身就是电源啊？像小时候电视上演的那个霹雳贝贝似的，自己会发电，然后自己把自己给电到了。"

辅导员说：“阿星，我说的是真的，你千万别碰门把手啊。”

阿星说：“嘿！我还真就不信呢。你不让摸，我偏摸。你看我摸了也没有电啊。哎，我摸我摸我摸摸摸……”

这时，阿牛给我使了一个眼色，我悄悄地把电源插了上去。只见辅导员站起身说道：“怎么可能？刚才明明是有电的，我再摸一下。”

只听啊的一声，辅导员又一次蹲在地上，另一只手也抽筋了。

我们服了他！

阿牛的整蛊计划再一次宣告失败，现在只剩下占山还迟迟没有行动。估计他也想不出什么好的方法，看来这次是无法分出输赢了。下午，占山从外面慌张地跑了回来，对阿星说道：“阿星不好了，我看见陈洁了。”

阿星问：“看见陈洁怎么了？有什么可大惊小怪的？”

占山说：“我是说我看见陈洁和一个男生在主楼那儿牵手了。我看到了就马上跑回来告诉你，你快去看看吧。”

阿星听完二话没说就跑了出去，马上又跑了回来，忘穿鞋了。

我和阿牛不禁感叹道：“我们怎么没有想到用陈洁做幌子来骗阿星呢？如果说陈洁怎么怎么着了阿星一定会信的。占山，真有你的。我们服了！”

占山说：“你们说什么呢？谁告诉你们我说谎了？我都是亲眼所见的，千真万确！”

听完占山的话我便意识到事情的严重性。相当的严重！

陈洁有男朋友了！这个消息犹如晴天里的霹雳，咔嚓一声劈向了阿星。阿星流着眼泪倒在血泊之中，此刻他的心是碎的。

真没想到，陈洁的男朋友我们居然认识，他就是话剧社的社长张宏伟。经过调查得知，此人不光是话剧社的社长，还是学生会组织部部长和班级学习委员，而且长得也挺神经的，啊不！挺精神的。既有才华学习又好还有很强的领导能力，简直就是无懈可击啊。而再来看阿星这位仁兄，花花公子、感情骗子、色魔、道德沦丧的家伙。如果你是陈洁你会作何选择呢？看来阿星这次真的是十死无生了。

阿星边在寝室里来回走着边说："这个死瘦子，敢和我争！他能争过我吗？"

我和阿牛在一旁说道："他还真能争过你。"

阿星听完此话便不再言语，只是抽烟，一支接一支。

次日，占山又匆忙地跑了回来，说道："不好了，不好了。"

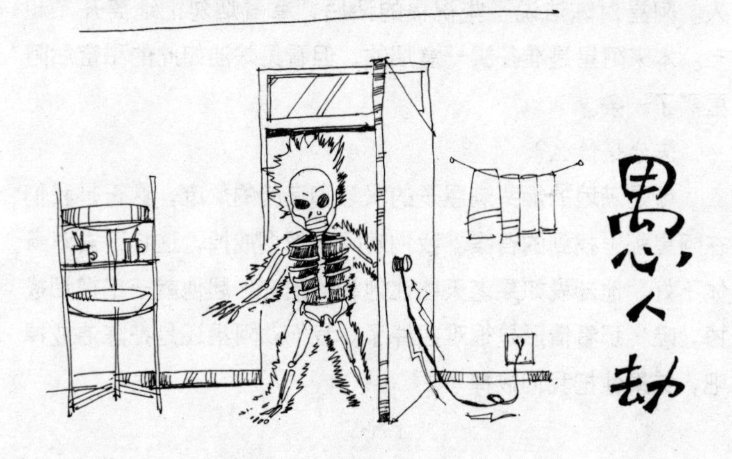

阿星忙问道："怎么了？他们又怎么了？"

占山说："陈洁和那男生在自习楼的走廊里吵起来了。"

阿星说："啊？真的？"

占山说："当然是真的！要不我能大老远地跑回来告诉你吗？"

阿星幸灾乐祸地说："哈哈哈哈……太好了，太好了！这么快他们就有分歧了，这么说我还有机会？"

占山说："我还没说完呢，他们吵了几句就不吵了，然后那男的就把陈洁给亲了。"

"啊？"阿星一听，立刻崩溃了，再一次倒在了血泊之中！

很巧，下午阿星在超市买烟的时候碰见了陈洁和张宏伟，两个人很亲密地在挑选商品，从陈洁的表情中能够读出她的幸福。阿星一阵酸楚，正在他准备躲起来的时候，却被陈洁看见了。陈洁主动跟阿星打了招呼，并把张宏伟介绍给阿星认识。自从上学期那件事以后陈洁就再也没和阿星说过半句话，而这次却主动打招呼。看来她已经不在意了，不在意那些事和那些人。阿星对陈洁说了些祝福的话后，拿着烟匆忙地离开了超市。本来阿星是准备买一盒烟的，但看见陈洁如此的甜蜜后阿星买了一条。

失恋是什么？

就是满地的烟头满屋子的叹息和满脸的颓废，这正是我们在阿星那里找到的答案。我们劝阿星把烟戒掉，这样下去对身体不好。他却说如果老天能让他和陈洁在一起他就一定把烟戒掉。哦！那看情形是很难戒掉了。我们劝阿星还是把陈洁戒掉吧，结果他把我们戒掉了。

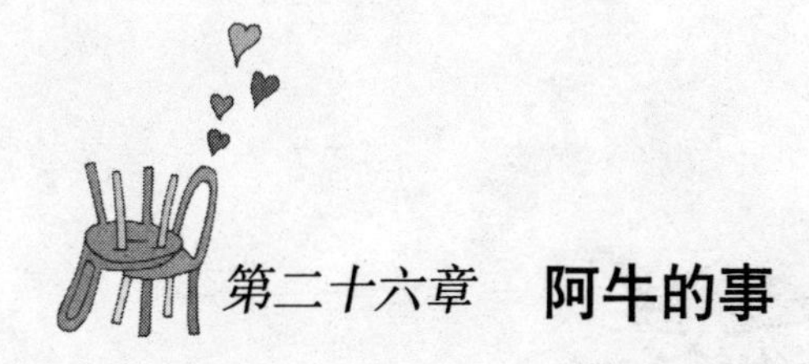

第二十六章　阿牛的事

这一次，阿星彻底地失去了机会。占山一次又一次地从外面匆忙地跑回来，阿星一次又一次地倒在血泊之中。大家似乎已经对这种现象习以为常，阿星也不得不逐渐地接受了这个事实。阿星对我说，你看阿牛多好，一门心思沉浸在网络世界里，什么都不用考虑，我要是能这样忘情忘爱的该多好啊！正当阿星要和阿牛一起玩网络游戏时，阿牛却出事了！不！确切地说是阿牛家里出事了。

那日，阿牛正在网吧和别人PK时接到了家里打来的电话，然后迅速回到寝室收拾行李返回了铁岭。我们还没来得及问他究竟出什么事啦，他就匆匆离开了。是什么事呢，会比阿牛玩网络游戏更重要?

一天，两天，三天……一直都没有阿牛的消息。我们给阿牛打了无数次手机却没人应答。直到第七天，阿牛才在我们的等待和担心中回来。我们还没来得及问他家里究竟发生了什么事，就看见阿牛胳膊上的黑纱。以前听阿牛说起过他母亲身体

一直都不好，难道……

事实也证明了我们的猜测是正确的。阿牛回到寝室后一句话都不说就躺在床上开始翻书，一本又一本。我们想找些语言来安慰阿牛，却不知道该说些什么。当一个人极度痛苦的时候也许最需要的不是安慰而是清静吧。我们把打来的饭放在阿牛的床头然后离开寝室。阿星走出寝室后跟我和占山说他突然觉得自己以前太肤浅，他一直以为被陈洁拒绝是最痛苦的事，原来失去亲人的痛才叫切肤之痛啊！

夜很深了，我们在黑暗里听见抽泣声。阿星打着打火机，看见火光下的阿牛已泪流满面。阿星点了一支烟，递给阿牛。阿牛深吸了一口烟，然后开始讲述他的故事。

阿牛对我们说，他并不是一个孝顺的儿子，他对不起他的母亲。他的父母对他一直有着很高的期望，从小学的中队长到初中的学习委员再到高中的班长，阿牛在他父母的眼中一直都是最优秀的。反之，如果阿牛做了什么与学习无关的事，父母就会极力地反对甚至阻挠。阿牛对我们说他一直都没有自由，他的父母从来就不问他想做什么喜欢做什么而是告诉他应该做什么。这样的束缚反而增加了阿牛的叛逆心理。阿牛在高三时喜欢上了一个女孩子，每天晚上阿牛都偷偷地在日记里记载这段懵懂的情感。可是后来阿牛的母亲偷看他的日记知道了此事，并亲手打碎了这份美好的情感。在高考的前夕阿牛和父母大吵了一架，所以阿牛就在考试时赌气不认真答题，故意在作文中写错别字（我和阿牛正好相反，我不是故意的，却经常写错别字）；故意在选择题的答案处写上“E”（其实我也一直想写E来着，因为我认为每个答案说得都挺有道理）；故意在自由落体运动那道填空题里填上“不许高空抛物”（没想到阿牛道德观念这么强，人品真好）。后果大家都知道了——他来到了我们身边。

阿牛的父母对他这种行为失望极了，特别是阿牛的母亲，这几年来一直没有和阿牛说过话。阿牛也一直没叫过她一声妈。在阿牛母亲的眼里自己的希望与未来已经破灭了，这个“缔造者”正是阿牛。而阿牛也一直对偷看他隐私的事情耿耿于怀。

阿牛母亲有着很严重的心脑血管疾病，对阿牛的失望与无奈增加了她病发的次数，所以说阿牛母亲是阿牛间接害死的。当然，这是阿牛自己所认为的，我们并不这么看。

阿牛母亲在临终前握着他的手说：“阿牛，你能多叫我一声妈吗？妈怕以后再也听不到了。过去是妈不好，妈不该把自己的想法强加在你的身上，也不该偷看你的日记。妈对不起你啊。阿牛！记住妈的话，今后无论遇到怎样的困难都不要放弃自己。要做一个有知识有才华的人。你在妈眼里永远是最棒的，永远……”阿牛说到这里已经哭抽了，我的眼泪也在黑暗中不经意地滑落了。

这是我第一次看见阿牛哭，不难看。

第二十七章　毕业设计

阿牛从铁岭回来后就像换了一个人似的。他不再痴迷于网络游戏的虚幻中，同时也告别了那种黑白颠倒的生活。每天一大早起来和占山去跑步，然后去上自习，经常去图书馆阅读最新的计算机信息。阿牛说从现在起他要做一个有知识有才华的人，这几年他沉迷在网络中忽略了很多东西，他得抓紧时间赶上来，他还说要让他的母亲在另一个世界为他骄傲。我们点着头，坚信着。

与此同时，占山的考研成绩也下来了。很不幸，占山比考研的分数线少了三分。得知这个消息的时候占山难过了三天，之后就重新振作起来。占山说这几天他已经把很多事情都想明白了，他想回到家乡去教书，人不应该活得太自私，他已经上了大学而家乡还有很多孩子连小学都没有上过。我们问他，那你女朋友赵靓呢？她怎么办？占山告诉我们他和赵靓已经商量好了，一起去那里教书。哦！既然是这样，我们也不好再说什么。

阿星在为陈洁的事消沉了一段时间后也终于振作，他告诉我们他要做回从前的自己。我们马上阻止，阿星你还是一直消沉下去吧，从前的你可真的不怎么样啊。阿星说那他就改过自新。我们问，你改了又有什么用呢？此刻，阿星茫然了。

几天后，毕业设计就开始了！阿星和我班小宝分到了一组，占山和阿牛分到了一组。至于我嘛，根本就没参加毕业设计。学校有规定，只要自己找到实习地方的同学，当然，必须是自己的对口专业，就可以不必参加毕业设计。我去的是家软件公司，当然属于计算机对口专业了，所以我就余下了很多时间去陪小玲，这也让阿星他们羡慕不已。

小宝和阿星分到的毕业设计课题是《小区物业智能管理系统的设计》，值得一提的是，阿星这家伙终日跑出去玩，只有小宝一个人又跑图书馆又上网去找资料。好可怜啊小宝！

阿牛和占山分到的课题是《即时通信软件的基础设计》，即时通信软件可能会有一些人不清楚，QQ就是即时通信软件的代表。当年，马化腾看见外国的即时聊天软件ICQ很火，就把它做成了具有中国特色的聊天软件QQ，使之成为中国地区最火用户最多的聊天软件。阿牛和占山对这个课题都十分的感兴趣，两人一拍即合决定不光要做基础设计，还要做一个即时通信软件的成品。这个软件可能不会像QQ有那么多功能那么美观的外表，但至少要保证可以即时聊天。说来容易做着难，阿牛和占山把大量的时间都花费在这个软件上，阅读了大量关于这方面的书籍，请教了很多编程的高手，当然，其中也包括我。经过了一个月的艰苦奋斗终于把软件开发出来，并在学校里广泛流传。同学们的一致评价是这个聊天软件简单易学，之所以简单是因为这个软件只有一个功能，之所以易学是因为根本就没有什么东西可以学的。阿牛他们的软件虽不够成熟，但还是获得了我们学校的毕业设计一等奖。我早说过阿牛要是想做的事情一定会做得很好。阿牛，我看好你哦！

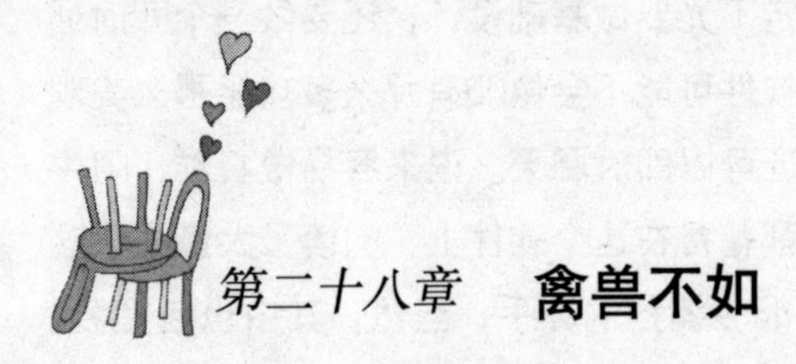

第二十八章　禽兽不如

毕业设计一结束，离毕业的日子也就不远了，这段时间大家都忙着找起工作来。此刻，大家才发现找工作比找女朋友难多了。如果用多如牛毛来形容大学生是不够贴切的，牛毛怎么会有大学生多呢！挤在招聘大会的人海中不免让人想起了古代某员外有喜事舍粥时的场景。上千年过去了却仍然没有摆脱抢饭的时代，这不能不说是一种悲哀啊！还好，我够幸运早早地找到了一份不错的工作，而阿牛他们就惨喽！要知道，这年头重点大学的学生找工作都非常困难，而我们还是三流的。人家一看东方ＸＸ大学，听都没听说过，直接就否定了。阿星说那是他们孤陋寡闻，上次咱们学校乱收费还上新闻了呢，地球人都知道的。

我们班率先找到工作的是小宝，在一家通信公司做营销工作，收入还可以但不是我们所学专业。小宝说各位务实点吧，这年头能找到一份工作就已经很牛了，还管什么对口不对口。是啊！大家为不务实付出了一定的代价，半个月过去了，我班除了我以外只有三个人找到了工作，而且工资一个比一个低。

今天一早起来，阿牛和占山没有在寝室。我推醒正在熟睡的阿星，问他知不知道阿牛去哪儿了？阿星迷迷糊糊地反问我，你知道什么叫做熟睡吗？熟睡就是发生了什么事别人做了什么他根本就不知道。说完他怒视于我，在他正准备起床暴力相向之时，我逃离了寝室。哈哈哈哈……

我给阿牛打去电话，阿牛说他在篮球场和占山在打篮球。哦！那我也去。

我走到篮球场的时候占山正在做俯卧撑，我问干吗要做这个啊？他说他投篮输了。我又问一共要做几个？他说十个。我说那我也玩，不就是十个俯卧撑吗？

于是乎大家就玩了起来，阿牛十个球一共投中了七个，占山投进了四个，而我居然一个都没有进。够衰的！更衰的是我每轮都做十个俯卧撑，连续做了十轮。

之后，我骑着自行车一路狂蹬去公司，看了看表，唉……还是迟到了。我小心翼翼地走进公司，当我看见老板的时候老板却没有看见我，主要是我闪过了他的目光。我知道身为公司里的一位新员工见老板不主动打声招呼是不对的，但如果此刻我要是打了招呼那就是万万不对的啦。我赶快跑回自己的座位坐了下来，装做很认真工作的样子。

这时，我们部门经理走了过来交给我一份新网站的设计方案，并告诉我这家外贸公司的网站是这个月的工作重点。我打开设计方案一看，哦！也太巧了吧，居然是小玲所在的公司，也就是魏大伯他的公司。呵呵，这不是缘分又会是什么！得好好帮他们做这个网站，让小玲也了解一下我的工作能力。下午，我们部门和网站页面制作部开了个会，讨论小玲她们公司网站的具体制作细节，我在会中也发了言。我说，这家外贸公司规模庞大资金雄厚，而且正在推出网上订货服务。所以这个网站大家得做得好一些，以便长期合作。最好能用一些最新的技术。大家需要什么样的后台支持尽管提，多复杂都没有关系。我说完这番话后大家面面相觑，估计在想我的工作态度是什么时候变得这么积极的，不会是又涨工资了吧？

下班后，我骑着自行车去接小玲下班，心想得把这件巧事告诉给小玲顺便还可以勒索她一顿饭。谁知小玲却说："巧什么巧啊？是我向魏叔叔推荐的！刘山峰，你还不谢谢我？"

"啊？你推荐的。我还以为是个巧合呢，那谢谢你了小玲。"我说道。

小玲说："光谢谢还不够，你得请我吃饭。"

我倒！不光没勒索到反而被勒索了。T_T

我和小玲来到她家附近的KFC点了一个全家桶套餐吃了起来。这时，我的鸡腿掉到了地上，眼睛却直勾勾地看着斜右方的一对男女。小玲问："山峰，你看什么呢？不许看，不就是那边的女生长得挺漂亮吗？你这个小色狼，还敢看！"

我解释道："小玲，那个人我认识。"

小玲说："那个女的吗？"

我说："不！那个男的我认识。他叫张宏伟，是陈洁的男朋友。"

小玲说："那旁边的女的就是陈洁吧？挺漂亮的，怪不得你眼睛都直了呢！"

我说："怪就怪在那个女生不是陈洁。"

小玲说："啊？她不是呀。不过那也没什么，或许人家是异性的好朋友呢。"

我说："绝对没有那么简单，这是直觉，男人的直觉。"

就在这时，张宏伟和那个女生牵着手走出了KFC。我说："走，咱们跟出去看看。"小玲说："可是咱们才刚刚吃饭啊。"我这人好奇心强大家都知道的，我不由分说地把小玲拽了出去，一路跟踪。

张宏伟和那女的在街上勾勾搭搭地走着，看上去十分的暧昧。我拿出手机将这些镜头全部拍了下来。

小玲说："你拍什么啊，也许两人真的好到这个程度了呢。"

我说："他们又不是男女朋友关系怎么能暧昧到这种地步?"

小玲说："那也不一定，万一这里有误会呢？你可不要把这些给陈洁看，那样她会受不了的。"

就在我和小玲为这事争论的时候，张宏伟和那女的走进了一家叫做永盛的宾馆，我按下手机的快门拍了下来。

此刻，小玲不再为张宏伟辩解。

晚上，我躺在床上辗转反侧，不知道是否该把这件事情告诉给阿星。我权衡了良久还是决定告诉他，这也关系到陈洁的幸福。我推了推已经睡熟的阿星，把这件事原原本本地讲给阿星听。阿星惊讶地说："啊？真的吗？山峰，你没有认错人是吧？"我说："当然没有，这些都让我拿手机拍了下来，你看。"我拿出手机给阿星展示着。阿星愤怒地说："这个人面兽心的家伙！明天我去告诉陈洁。"

第二天一早，阿星在女寝楼下等陈洁。这时，陈洁从楼里走了出来，阿星迎了上去。陈洁看见阿星走了过来，便说："阿星，早啊！"

阿星说：“是啊！早。我今天是特意等你的。”

陈洁问：“等我？有什么事情吗？”

阿星说：“嗯！有事。陈洁我问你，你男朋友昨天晚上在学校吗？”

陈洁说：“不在啊，他昨天去同学那里玩了，玩得太晚就没有回来。为什么这么问呢？”

阿星一听果然没有回来，便说：“他昨天晚上没有去同学那儿，他和一个女生去宾馆了。”

陈洁说：“阿星，你说什么？这不可能。张宏伟根本不是那种人。”

阿星说：“这些都是真的，不信你看。”阿星拿出手机把那些照片放给陈洁看。

陈洁看完顿时脸色惨白，边向后退边说：“这不可能的，不可能，绝对不可能……”说完，陈洁哭着跑开了。

下午，占山从自习室跑回来，说道：“不好了，不好了。”

大家问：“怎么了？大惊小怪的。”

占山说：“陈洁在自习室和张宏伟吵起来了，她还打了张宏伟一巴掌呢。然后陈洁就哭着跑了出去。”

阿星听到这个消息一下从床上坐了起来，穿上外衣跑了出去。

第二十九章　最后一首歌

陈洁跟张宏伟分手了，为此陈洁大病一场。陈洁是一个喜欢纯粹爱情的女生，她喜欢专一的男生，这也是她拒绝阿星的一个主要原因。而在陈洁看来张宏伟一定是个这样的男生。的确，张宏伟一直都以一脸正人君子值得信任的面孔示人，却万万没想到他会做出这样的事。陈洁一时之间无法承受这样的打击，病倒了。

这段时间阿星一直都在照顾陈洁，帮她打饭给她买水果哄她吃药，还讲笑话给她听，不时会听到陈洁爽朗的笑声，而且阿星还给陈洁唱周杰伦的歌。虽然唱得不怎么样，但陈洁还是陶醉在歌声里。

现在看来阿星真的比张宏伟好多了，他虽然花心，但他至少对陈洁真挚；他虽然好色，但他却不淫乱；他虽然随地大便，但至少躲在了卡车后面，当然后来卡车开走了，哈哈……

六月十五日，对于阿星来说可是一个非同寻常的日子。不光因为今天是陈洁的生日，更因为阿星要在今天向陈洁表白。

上次表白的失败已经给阿星的内心深处留下了不小的阴影，所以他这次非常的慎重，恐怕其中再有什么差池。惭愧啊！其实上次的差池是我。

今儿一整天阿星都没有去找陈洁，把手机也给关掉了。陈洁给我们寝打来电话我们就谎称阿星有事出去了，说他可能今天不回来了。陈洁很生气地挂掉了电话。没多久，阿星就在寝室打起了喷嚏。估计此刻的陈洁正在对阿星进行语言攻击。阿星说要的就是这种效果，没有失望就没有惊喜。

夜色渐渐来临，我们陪着阿星来到了陈洁寝室楼下。这又让我想起了阿星上一次表白的情景。但愿这次阿星能成功！阿星在楼下给陈洁打了手机，只听对方说道："阿星你这臭小子，去哪儿了？你知不知道今天这个日子对我很重要呀。"

阿星故作不懂，说道："啊！有个朋友找我有事，就出去了。对了，今天是什么日子啊？居然对你那么重要。”

陈洁生气地说：“不知道就算了，我不会告诉你今天是我生日的！”

阿星说：“啊？陈洁，今天是你的生日啊？不好意思，我居然忘记了，可是我今天回不去啊。”

陈洁听说阿星回不来更生气了，说道：“不回来就永远都别回来了。好了，我要挂电话了。”

阿星说：“等一等！这样吧，我唱首歌送给你吧，就算是我的生日礼物。”

“那好吧！”陈洁失望地说。

于是阿星一边弹吉他一边唱起了他新为陈洁写的歌。名字叫做《最后一首歌》，很好听。

最后一首歌

午夜的钟声敲出我的寂寞，
失眠的感觉让人难过。
奇妙的心跳已经被淹没，
剩下的只是一段无言的歌。

曾经的快乐曾经执著的我，
付出了所有不求收获。
无力的回想苍白的记忆，
给你留下的只是这样一首歌。

为你写下最后一首歌，相信你的选择。

如果你爱的人不是我，就让我一个人寂寞。

为你写下最后一首歌，在这伤心的时刻。

其实难过也没有什么，至少你比我快乐。

此刻的陈洁已经明白了是怎么回事，走到窗边看见了楼下的阿星，还有他身后拿着红蜡烛的我们。她迅速跑到楼下，走了过来，眼圈红红的，说道："我还以为你不记得了呢。"

阿星说："怎么会呢！你的每句话我都记得。"

陈洁淡淡地笑着，眼泪却止不住夺眶而出。

阿星对着陈洁说："陈洁，我是魔鬼你是天使，但是我爱你，做我女朋友吧！"

一秒——二秒——三秒——四秒——五秒……

陈洁擦了擦眼泪，说道："阿星，对不起……"

阿星、我、阿牛、占山全傻了，陈洁也太铁石心肠了吧。陈洁接着说："阿星，对不起，刚才那首歌我没有听清，你还能唱给我听吗？"

阿星忙点头："能啊！能！"

"能唱一辈子吗？"

"能啊！太能了……"

第三十章　青春散场

日子就这样一天天过去，转眼到了七月。这是毕业的时节，是分开的日子。此时我们的心情那叫一个忧伤，谁都不想四年的大学时光就这样匆匆而过了，一切都好像是在昨天，而我们马上就要狂奔在通往明天的路上。

阿牛在招聘会上凭借着自己设计的聊天软件终于找到一份不错的工作，工作地点在东莞，工资也很理想。而阿星则留在学校的微机室做起了网络维护员，阿星对这份可以继续留在学校的工作也非常的满意。至于我也要踏上去往北京的行程了，魏大伯的公司在北京开了一家分公司，要小玲去那边工作，于是我辞去了现有的工作陪她一同前往，我说过的——我们再也不会分开了。至于占山则放弃了那家东莞公司的邀请，回到家乡教书，也许只有这样占山才会感觉到幸福吧。

离校的前一天晚上，大家喝了很多很多的酒，也讲了好多曾经发生的有意思的事情，还谈了自己对未来的憧憬。饭后大家一路摇摇晃晃地边唱边往学校走，当占山也唱起歌时，大家

都吐了。刚刚吐完占山又要唱被我们迅速阻止了。

快到寝室时，我唱了一首水木年华的《今天我们要走了》，那一刻大家泪流满面……

今天我们要走了，
走向不同的天涯，
就像飘落的叶子，
我们会到达。
我们的理想在那里吗？
它们会实现吗？
我们的爱情在那里吗？
它们在等待吗？
你不要忘了我啊，
一起欢笑流泪的日子，

那些做梦的夜晚我会想着她。

我们的理想在那里吗?

它们会实现吗?

我们的爱情在那里吗?

它们在等待吗?

今天我们要走了,

让我为你们祈祷吧。

今天我们要走了,

让我们为未来祈祷吧……

(全文完)

后记　幸福的由来

二〇〇五年春天，很幸运，我出版了自己的处女作小说《贼可爱》。事隔一年半，我的第二部长篇小说《贼幸福》已经被你拿在手上了，很幸福，因为你在看。你可能是男或是女，可能年长或是年幼，不管怎样，我都希望你是快乐的，至少在看完我的小说后，你是快乐的。至于快乐之余，你能有何顿悟，那就看你的本事啦，也相信聪明的你会有这样的本事。

《贼幸福》这部小说真的耗费了我太多的精力和热情，从二〇〇五年的秋风徐徐到二〇〇六年的满地金黄，整整拖着写了一年。这一年里我做了好多事情，而最有意义的一件便是完成了《贼幸福》这部小说，履行了我们的约定。

是的，一个约定，一个我和《贼可爱》读者们的约定。那个时候《贼可爱》刚刚出版，受到了太多读者朋友的喜爱，我的QQ在没几天的时间里便人满为患，电子信箱也经常接到陌生朋友的来信。大家总是会友好地提出这样那样的问题，问题千奇百怪花样繁多，不过也不乏一些具有共性的问题。其中一个最具代表性的就是问《贼可爱》有没有第二部，当我实事求是地回答没有写第二部的打算时，我能够感受到朋友们些许的失望。后来问这个问题的人越来越多，在他们看来《贼可爱》的字数实在是太少了，正看着过瘾的时候小说就已经结束了，这不能不说是一种遗憾。就是带着这种遗憾，我上路了，开始了其他小说的创作。

后来的某一天，在广播里听到了我很喜欢的那首老歌《雨后》，想起了好多往事。眼前突然闪现出刘山峰和一位未知的女孩子在火车上相识的场景，此刻我听见火车轮子摩擦铁轨发出的声响，我知道，我下来神儿啦（就是灵感来了的意思）。从那天起我放下手中其余的小说全心投入到《贼幸福》的创作中去，当再有读者朋友问起关于第二部的问题的时候，我就会骄傲地说，当然有啊！正在抓紧时间创作呢。

然而，这部小说创作的艰辛却是我没有预想到的，在创作它的过程中我终于体会到了挑战自我的难度。既要超越原有小说的搞笑程度，又要在故事情节上有些新鲜的变化，还要时常煽情一下下，这对我来说的确是个不小的挑战。还好，最终我取得了胜利。

我粗略地估计了一下，《贼幸福》共推翻重写了四次，大大小小的改动有一百余次。其中在一个版本中把王占山写死了，还有一个版本中阿星被学校开除了。不过还好，这些令人郁闷的情节都在我按下Delete键后消失了。最终的版本是一团和气，每个人都找到了自己的幸福。

说了这么多，还是有一些感谢的话要说。首先感谢的是我的插图师张权先生、我网站的设计师雪岩同志。再有要感谢我的良师益友阿朱姐，在我创作的迷茫期里她给了我太多的鼓励。最后要感谢那么多喜欢冰鱼小说的朋友们，只有你们才是我再次出发的原动力。真的谢谢你们，因为是你们让我有了一种找不到北的感觉。人太多，抽样举例：陈梦航、天天天蓝、紫泪、篱落雨、闪电侠II施力、时间在浪费、那个男孩、快嘴小才女、鬼鬼、李响、贼郎、饭团子、小嘴乱亲、花儿静悄悄、包子、俺是妖精、贼可爱、年华似水（吴远）、王俊翔、黄嘉伟、樱桃红、哆啦小A梦、无糖咖啡、妖精妙妙、小余、等爱的狐狸、付井娟、大笨熊、牧野小雪球，等等。

最最后，愿贼可爱的人都贼幸福！

鱼

2006年11月

附　冰鱼QQ里的聊天记录

草莓蛋糕：你好！

冰鱼：你好！你好！

草莓蛋糕：你居然上线了，太好了。

冰鱼：嗯！

草莓蛋糕：你真的是冰鱼吗？

冰鱼：是啊！我是真的冰鱼。

草莓蛋糕：你写的《贱可爱》真的很搞笑！

哇哇~~

我一边上课一边看你的《贱可爱》，一点课都听不进耶~~~

呜呜……

冰鱼：嗯！哈哈哈哈……

冰鱼：嗯？等会儿，“贱”可爱？贱???

草莓蛋糕：对啊！

冰鱼：对什么啊！是——贼可爱，不贱！

草莓蛋糕：啊?? 是贼丫~~!!

哈哈……

冰鱼：还笑=====--------》????

草莓蛋糕：对不起！对不起！

一时错了，敲错了嘛……

嗯嗯~~

冰鱼：好吧！原谅你，下次不许再说错了。

草莓蛋糕：一定！一定！

草莓蛋糕：对了，冰鱼！听说你又写了一本书叫《贱幸福》。

什么时候能出版啊？

冰鱼：贱幸福？

我晕倒!!!!!!!!!!! 5555555555

==

小燕子：你好！

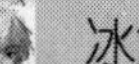

冰鱼：你好！

小燕子：请问你是谁啊？

冰鱼：哦？你想找谁啊？

小燕子：我找你啊，请问你是谁啊？

冰鱼（晕）：我是冰鱼。

小燕子：你真的是冰鱼啊，你的小说写得好好耶。

冰鱼（暗喜）：谢谢，谢谢。

小燕子：冰鱼，你知道吗？我看你小说时，一直笑啊笑的。

冰鱼（暗自狂喜）：嘿嘿！喜欢就好，喜欢就好。

小燕子：你的小说写得很生活化，很好玩。

（冰鱼听到这里由得意洋洋变为洋洋得意。）

小燕子：对了，你的小说叫什么名来的？我给忘了。

（冰鱼晕倒！并以泪洗面……）

前提：某段时间传言哈尔滨要地震，震源是大庆，弄得哈尔滨人心惶惶。以下是冰鱼和一在北京工作的哥们儿的聊天记录。

冰鱼：你知道吗？哈尔滨要地震了！

泪城王子：啊？真的假的？

冰鱼：当然是真的了，我什么时候骗过你？

泪城王子：嗬！你什么时候不骗我？

冰鱼：这次啊。

泪城王子：啊！那地震得严重吗？

冰鱼：大哥，还没地震呢，我怎么知道！等地震完我再告诉你，如果我长时间不上线就说明非常严重，懂吗？

泪城王子：嗯！哈尔滨到底是怎么了？刚刚水污染，这下又要地震。

冰鱼：唉！流年不利啊……

泪城王子：祝福哈尔滨吧。你得活下来啊，否则是中国文坛的一大损失啊！

冰鱼：呵呵……没事，这次震源不在哈尔滨，震源地区通常是最严重的。哈尔滨属于城门失火，殃及池鱼！

泪城王子：那震源是哪里？怎么这么背啊？

冰鱼：听说这次震源是大庆。

泪城王子：大庆？555555555555555555555555555555555555……我老家就是大庆的。

冰鱼：啊？你家是大庆的！那刚才的话就当我没说。

泪城王子：妈！我要回家……

==

29XXXXX

你好！

冰鱼

我很好，你也好！

29XXXXX

你现在有时间聊天吗？

冰鱼

有的：)

29XXXXX

问你个问题！

如果上天让你没有读书的机会

那你现在会是什么样子？

冰鱼

你指的读书，是什么？

冰鱼

上大学吗？？

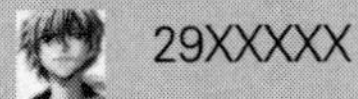
29XXXXX

是的~但如果连高中都没的上~

你会是什么样子~

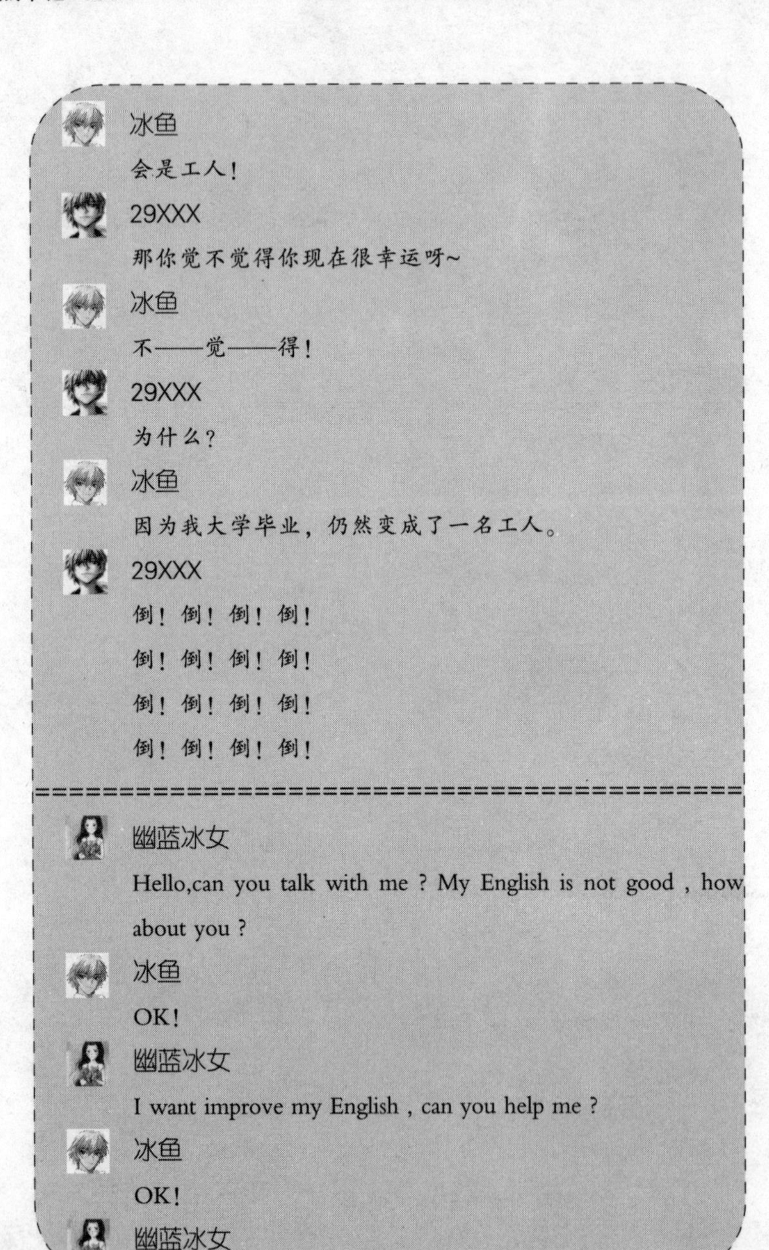

冰鱼

会是工人！

29XXX

那你觉不觉得你现在很幸运呀~

冰鱼

不——觉——得！

29XXX

为什么？

冰鱼

因为我大学毕业，仍然变成了一名工人。

29XXX

倒！倒！倒！倒！

倒！倒！倒！倒！

倒！倒！倒！倒！

倒！倒！倒！倒！

==

幽蓝冰女

Hello,can you talk with me ? My English is not good , how about you ?

冰鱼

OK!

幽蓝冰女

I want improve my English , can you help me ?

冰鱼

OK!

幽蓝冰女

Want to……

冰鱼

OK!

幽蓝冰女

???????????

冰鱼

我就会这一句，OK!

哈哈……

幽蓝冰女

All right!

冰鱼

会说中国话不？

幽蓝冰女

说实话吧，我是真的想在网上找个英语高手帮我练英语啊！

幽蓝冰女

你不是写东西的吗？

幽蓝冰女

总过了六级吧？

冰鱼

倒！555……我英语从来不及格的！

==

情爱★梦之恋

嘿！你在吗？在吗？冰鱼！

冰鱼

嗯！鱼在这儿呢！

情爱★梦之恋

呵呵……我上次看了你的书，真的，太幽默了!!!!!

冰鱼

哈哈！好高兴，你这么说……

情爱★梦之恋

真的！

冰鱼

呵呵！骄傲中……

情爱★梦之恋

哦！你知道我看的是你的哪本书吗?

冰鱼

哪本?

情爱★梦之恋

你猜一下，我想你用脚趾也想不到的。不过不排除你用手指想哦！

冰鱼

《贼可爱》！

情爱★梦之恋

呀！一下你就猜对了，你真的是贼聪明啊！

情爱★梦之恋

对了，你一共出了几本书啊?

冰鱼

一共就出了这么一本。

情爱★梦之恋

不是吧?????? 晕啊……